NEBİ YILDIZ

Yarın Ola Hayrola

OLİMPOS®

Yarın Ola Hayrola
Nebi Yıldız

Editör: Ezgi Bilgi Gümüş
Kapak Tasarım: Betül Akyar
Sayfa Tasarım: Ceyda Çakıcı Baş

3. Baskı: Ocak 2020
ISBN: 978-605-7906-68-7

OLİMPOS YAYINLARI
Maltepe Mah. Davutpaşa Cad. Yılanlı Ayazma Yolu No:8 K:1 D:2
Davutpaşa / İstanbul
Tel: (0212) 544 32 02 (pbx) Sertifika No: 42056
www.olimposyayinlari.com - info@olimposyayinlari.com

Genel Dağıtım: YELPAZE DAĞITIM YAYIN SANAT PAZARLAMA
Maltepe Mah. Davutpaşa Cad. Yılanlı Ayazma Yolu No:8 K:1 D:2
Davutpaşa / İstanbul
Tel: (0212) 544 46 46 Fax: (0212) 544 87 86
info@yelpaze.com.tr

Baskı: KA BASIM
Topkapı Mah. Topkapı Maltepe Cad. Çaycılar İş Hanı No:15 Kat:4
Zeytinburnu/İSTANBUL
Sertifika No: 44064

NEBİ YILDIZ

Yarın Ola Hayrola

OLİMPOS®

Benim Ben, İç Sesin!

Merhaba beni hatırladın mı?

Hani seninle beraber dertleşmiştik. Bazen ağlamış ve bazen de eğlenmiştik. Benim ben, iç sesin! Sanırım yine bana ihtiyacın var. Öyleyse hadi gel, seninle tekrar dertleşelim... Biliyorum! Fethetmeye çalışanların yerle bir ettiği bir şehir var içinde. Sevgini kullanarak kapına geldiklerini, gülümsemelerinin ardına sakladıkları kirli yüzleri göremediğini, güvenerek içeri aldığın insanların hayallerini çiğnediklerini, masumiyetine aldandığın insanların mutluluklarını ezip geçtiklerini, güvenmenin, inanmanın hatta ortada kalan tüm günahların bedellerini sana ödettiklerini biliyorum. Değmeyen insanların çıkarları için saf yerine konulduğunu, hak etmeyenleri mutlu etmekten aşırı derecede yorulduğunu, sana yapılan haksızlıklar aklına geldikçe nefessiz kalıp boğulduğunu ve yaşadıklarının bir insan için çok zor şeyler olduğunu biliyorum. Elinden gelen her şeyi yaptığın insanların senin için yaprak dahi kıpırdatmadıklarını, sevilmenin verdiği şımarıklık ve kibir yüzünden kıymetini anlayamadıklarını, emeklerini ve mücadelelerini hiçe sayıp nankörlük yaptıklarını ve sana kendi kıyametini yaşatıp, kendi mahşerinde seni yalnız bıraktıklarını biliyorum.

Tüm bunlara rağmen içindeki inancı hâlâ koruduğunu, insanlardan uzaklaşıp sadece Rabb'in ile konuştuğunu, her şeyden vazgeçip dualarına tutunduğunu biliyorum. İçini cehenneme çevirenlere dahi sabırla yaklaştığını, o kadar acıya rağmen isyan etmemek için suskun kaldığını, iç çeke çeke akıttığın tüm gözyaşlarını, hakkın ve hukukun için her gece Allah'a yalvardığını biliyorum.

Ama sen de şunu bil: Seni haksızlığa uğratanlar varsa, sana hakkını layığıyla teslim edecek olanlar da var. Seni gözyaşlarına gömüp ardına bile bakmadan gidenler varsa, gözyaşlarını silip yeniden mutlu edecek olanlar da var. Bugün seni zorlukla imtihan eden, yarın mükâfatını fazlasıyla verecektir. Bugün seni acı ve gözyaşlarıyla deneyen, yarın öbür gün mutluluklarla da ödüllendirecektir.

Unutma! Ağaçlar tüm yapraklarını dökmedikçe bahar gelmez. Tam umudunu yitirmişken, tam her şey bitti derken kadere yeniden yazılmaya başlayacaksın. Bana inanıyor musun? Bir sabah senin için de güneş doğacak, yeşereceksin. Kırılan tüm dalların onarılacak, filizleneceksin. Kök salmış tüm acıların kurutulacak, mutluluk dökeceksin. İnan bana bir gün sen de çok sevileceksin.

Güvenini kırdıklarını biliyorum. Ama sen yine de umutsuz olma! Çünkü bir gün birisi çıkacak karşına, kaybettiğin ne varsa sana geri kazandıracak. Hayallerini yerden kaldıracak ve yerle bir olmuş tüm şehrini yeniden onaracak. Seni üzen insanlar tarafından yaptığın tüm kalın duvarları yıkacak ve yerine mutluluktan yepyeni kaleler yaptıracak. Bugüne kadar göstermiş olduğun tüm sabır, şükür ve dualar kapında sıralanacak. Ve siz, kendi dünyanızda bir daha hiç kimseden korkmadan güven içerisinde yaşayacaksınız. Seni fazlasıyla mutsuz ettiklerini biliyorum. Ama sen yine de sakın pes etme. Çünkü bir gün gerçekten sevileceksin. O gün geldiğinde iki sıcacık el, ellerine dokunacak. Eksikliğini hissettiğin her şeyi tamamlayacak. Mutluluğun için etrafında pervane olacak. Seni önemseyecek, sevecek, senin için savaşacak ve kaybettiğin her şeyi sana geri kazandıracak. Hayatını sana adayacak ve sadece senin mutluluğun için yaşayacak. Öyle ki; Sevinçleriniz gökyüzüne ulaşıp rengârenk bulutlar oluşturacak. Ve siz, birbirinizin gözlerinin içine her baktığınızda, gökten üzerinize mutluluklar yağdığını göreceksiniz.

İnancını zedelediklerini biliyorum. Ama sen yine de inanmaktan vazgeçme. Çünkü bir gün mutlaka karşılığını alacaksın. Yaşadığın tüm olumsuzlukların, seni isyana itmeye çalışan tüm mutsuzlukların, maruz kaldığın tüm haksızlık ve sorumsuzlukların mükâfatını alacaksın. Ve Allah'a güvenirsen, ne olursa olsun sabretmeye ve inancını korumaya devam edersen bir gün mutlaka bu mutlulukları yaşayacaksın. Unutma; Allah bu sabırlarını şükürlere çevirmedikçe, o hak ettiğin mutlulukları ayağına getirtmedikçe, ben bu hayattan razıyım Rabb'im dedirtmedikçe canını almayacaktır. Öyleyse sabretmeye devam et.

İnan Bana Hepsi Geçecek

Saat 2'yi geçmiş neden uyumuyorsun? Moralin bozuk değil mi? Kafana taktığın şeyler uyumana izin vermiyor. Yaşadıklarını düşündükçe her şeyden nefret eder hâle gelmen, hayal kırıklıklarının sende yarattığı o sıkılgan ve isteksiz hâller, yemek yeme istediğini, gezip eğlenme hevesini hatta uyku düzenini bile bozdu değil mi?

Hatta en kötüsü de tutunmaya çalıştığın o "kör umutların" ve binlerce yerinden yamalanmış "belki"lerin, hayatına layık olmayan insanları çaresiz ve istemsizce aklında canlı tutmasına sebep olması değil mi? Ama inan bana hepsi geçecek! Bir gün hayatına bambaşka bir insan girecek ve tüm roller değişecek. Hani bu saatte üzüntüden, stresten ya da seni esir almış düşünceler yüzünden uyuyamıyorsun ya, gün gelecek yine bu saatlerde heyecandan ve mutluluktan uyuyamayacaksın. Hani bu saatte seni saran o berbat hissiyat canının daha çok yanmasına sebep oluyor ya, gün gelecek yine tam da bu saatlerde, sevdiğine kavuşmaya az kalmış olmanın verdiği o muhteşem hissiyat ile yerinde duramayacaksın. Sabret! Bu saatler sana ne kaybettirdiyse, yine hepsini bu saatlerde geri alacaksın. Bu söylediklerime ne kadar inanıyorsun bilmem ama bunları bir gün mutlaka yaşayacaksın.

Şimdi hayatına kaldığın yerden devam et. Bir gün bunları yaşadığında, bu yazı aklına gelecek ve bu adam bunları nereden biliyordu diyeceksin.

Ben buna çok eminim!

Umutsuz olma! Eğer Allah sana ait bir kapıyı kapattıysa, senin için hazır tuttuğu daha güzel bir kapı var demektir.

Haydi, Çık Oradan Sana Yardım Etmeye Geldim

Burada mısın? Ben de ne zamandır seni arıyordum. Neden kendini bu kadar derine sakladın? Haydi, çık oradan. Sana yardım etmeye geldim. Seni nasıl mı buldum? Tabii ki dualarını takip ettim. Neden şaşırıyorsun ki? Sen her gece Allah'a dua etmedin mi? Bak işte duaların meyvesini verdi. Allah bir tevafuk ile beni sana gönderdi. Haydi, tut elimi...

Üzülme. Sen ananın ak sütü gibi helal sevmişsin. Sil o gözyaşlarını, hâlâ tertemizsin. Bilseler baş üstünde taşırlar seni. Sen karanlıklarda kalmaya layık değilsin. Haydi ama nazlanma! Ne yani hayırsız bir insan yüzünden hayatından mı vazgeçeceksin? Bu kadar değersiz misin? Değilsin! Ve bunu, seni öyle görenlere ispat edeceksin!

Şimdi toparla kendini. Şöyle içinden derin bir besmele çek ve "yapamazsın" diyenlere inat bir kez daha dene. "Sen bensiz mutlu olamazsın" diyenlere inat mutlu olmaya çalış. "Senden hiçbir şey olmaz" diyenlere inat kendi hayatın için mücadele et. Seni aciz görenlere öyle olmadığını kanıtla. İnan bana; başaranların, tek başına mutlu olanların ve kendi hayatını geri kazananların senden hiçbir farkı yok. Sadece onlar senden daha fazla inandı ve senden daha fazla mücadele ettiler hepsi bu. Sen de yapabilirsin. Kendi hayatını geri kazanabilirsin. Seni aciz görenlere öyle olmadığını kanıtlayabilirsin. Sürünmeni isteyenlere inat yeniden ayağa kalkabilir ve hatta yeniden başlayabilirsin... Vazgeçme! Olmuyorsa tekrar dene. Yapamadığın şeylerin üzerine git.

Unutma ki, hiçbir şey kararlı ve inanmış bir insandan daha güçlü değildir. Belki kaderin son bir kez daha denediğinde değişecek. Belki son bir gayret seni kurtarmaya yetecek. Hiçbiri olmasa bile, belki de Allah bu kadar uğraşının hatırına sana istediğini verecek.

Unutma; Sana yardımcı olacak bir şey varsa o da inancındır. Allah'a her dua ettiğinde, inanarak elini her kalbine götürdüğünde; yolundan bir engel kaldırıldığına ve senin için daha güzel fırsatlar hazırlandığına inanmaktan vazgeçme. Ve bu inancını mücadelenle birleştirdiğinde, her şeyin üstesinden geleceğinden de hiç şüphe etme.

Haydi bakalım, şimdi doğruca kendin için mücadele etmeye...

Umut mu istiyorsun? Ya da bir işaret? Bana bu satırları yazdıran, senin bu satırları okuyacağını biliyordu değil mi? Görmüyor musun? İşte Allah seni hiç tanımadığın biri ile güçlendirdi. Fark edemiyor musun? İşte Allah sana iyi gelsin diye, benim kalemime böyle satırlar yazmayı nasip etti.

Daha nasıl bir işaret bekliyorsun ki?

Unutma!
Allah Yanında

Çıktığın yokuş çok dik biliyorum. Tutunacak dalların sökülmüş, yürüdüğün yollar dikenli, üzerindeki yük çok fazla, üstelik nereye gittiğini de bilmiyorsun. Yoruldun! Hem de o kadar çok yoruldun ki; Şöyle birkaç dakika dünyanın dertlerinden uzaklaşıp bir parça huzur için neler vermezdin değil mi?

Kolay değil elbet, insanlara sevmek, bir kalbi taşımak bile ağır gelirken, sen koca hayatın yükünü taşımaya çalışıyorsun. Birçok insan yalnız başına evden dışarı çıkmaya korkarken, sen tek başına hayatla mücadele ediyorsun. Bunaldın! Hem de o kadar çok bunaldın ki; Bazen bıktım artık deyip, her şeyden vazgeçip, artık ne olacaksa olsun diyorsun değil mi?

Haklısın! Ama yinede kendini bırakma. Gönlün yorgun olsa da dilinden dualarını eksik etme. Ayakların çıplak ve yürüdüğün yol dikenli olsa da ilerlemekten vazgeçme. Elbet bir gün Allah gönlünü dinlendireceğin bir omuz nasip edecektir. Biraz daha gayret et. Elbet Allah yollarını temizleyecek ve sana temiz bir çıkış yolu nasip edecektir. Sakın Allah'ın sana yardım edeceğinden şüpheye düşme. Unutma ki haklının zerre kadar dahi olsa ahı yerde kalmaz. Çünkü Allah, haklı olanları asla gözü yaşlı veya mağdur bırakmaz. Evet, biliyorum hayatın zor ve yükün fazla. Ama unutma, Allah yanında.

Sen kimseyi üzmeden ve kimsenin hakkına girmeden yolunda yürümeye devam et. Allah her türlü zorluğunu kolaya çevirecek ve seni bir gün rahata erdirecektir.

Unutma, Allah her zaman haklıyla beraberdir.
Sabret! Her şey bittiğinde kazanan sen olacaksın.

Her Güçlüğün Ardında Kolaylıklar Vardır

Kendine gel! Neden hayatına hiç umudun kalmamış gibi devam ediyorsun? Neden bunca işarete rağmen bu kadar kolay vazgeçiyorsun? Sen inanmak mı istemiyorsun? Yoksa Allah'ı mı unutuyorsun? Yapma! Eğer bahara inanmazsan, güneşe güvenmezsen kurumuş dallarını çiçek açmaya ikna edemezsin. Eğer kendinle barışmazsan, kalbini Allah'a teslim etmezsen bozulan şeyleri düzeltemezsin.

Mücadeleci ol! Unutma ki acılarıyla savaşan onları yavaş yavaş soğutur. Zorluklarla karşı karşıya gelen onlarla mücadele edebildikçe kurtulur. Ve bir insan denize düştüğü için değil, denizden çıkamadığı için boğulur. Her ne kadar düştüğün çukur derin olsa da, her ne kadar yaraların canını çok acıtsa da ve her ne kadar düştüğün denizde dalgalar arasında kalsan da, sana tüm bu imkânsızlıklardan yeni bir imkân sağlayacak olan Rabb'in olduğunu unutma.

Üzülme! Her güçlüğün ardında kolaylılar vardır. Bugün hayat seni dikenine sardıysa, yarın mutlaka gülünü de koklatacaktır. Bugün kader canını biraz fazla acıttıysa, yarın çok mutlu edecek sürprizler de yapacaktır. Sen yeter ki umudunu kaybetme. Çünkü her ne olursa olsun inananlar bir gün mutlaka kazanacaktır.

Sabırlı ol! Eğer başına gelen olumsuzluklara sabredebilirsen, sonunda senin için hazırlanmış hayırlar ve güzellikler olduğunu da göreceksin.

Görmek İçin Doğru Yere Bak!

Merhaba! Şimdi sana güzel şeyler söyleyeceğim. Ama bunlar seni kandırmak ya da seni rahatlatmak için değil, farkına varmanı sağlamak için... Belki bu söylediklerim sana inanılmaz gelecek. Ama şu an dünyada senin için ölümü bile göze alabilecek insanlar var. Sen şu an ne kadar göremiyor olsan da, sana imrenen ve seni her şeyden çok seven insanlar var. Sana bir şey olsa her şeyi bırakıp yanına gelebilecek ve seni gülümserken görebilmek için birçok şey feda edebilecek insanlar var. "Hani neredeler?" dediğini duyar gibiyim. Demek ki doğru bakamıyorsun! Belki her gün ona bakıyorsun ama görmek istediğin başka biri olduğu için onu göremiyorsun.

Her ne kadar bana inanmak istemesen de, varlığından bile haberin olmayan biri ya da birileri senin için her gün dua ediyor. Seni çok istiyor. Belki sana kendini göstermek için her yolu deniyor. Belki utanıyor, belki edebinden dolayı çekiniyor, belki de kabul etmeyeceğinden korktuğu için sana söylemeye korkuyor. Ama bir gerçek var; Seni seviyor ve seninle ilgili hayaller kuruyor. Görmek için doğru yere bak! Orada bir yerde biri senden ufak da olsa bir ışık bekliyor. Haydi, durma yak ışıklarını, aydınlat dünyanı çık karşıla hayranını, bak mutluluk oralardan bir yerlerden sana doğru geliyor.

Unutma; Allah insanları birbirlerine bağlayacak olan bağlar yaratmıştır. Bazı insanlar bu bağlar sayesinde birbirlerini bulmuştur. Bazıları ise henüz karşılaşmamıştır. Eğer sen de bu bağları bulmak istiyorsan, gözlerini bakmaya değil görmeye alıştır.

Allah Biliyor Ya O Sana Yeter

İnsanlarla uğraşmak ne kadar yorucu değil mi? Senden ne istediklerini anlayamıyorsun. Ve anlamaya çalıştıkça daha çok yoruluyorsun. Hele ki senin iyiliğini istemeyeceğini bildiğin insanlarsa, bu her şeyden de beter. Samimiyetsizliklerini anlayabiliyor, niyetlerini yüzlerinden okuyabiliyorsun. Sanki hayata seninle uğraşmak için gelmişler. İşleri güçleri seni kıskandırmak ya da zor durumda bırakmak... Anlamsız baskılar, boş davranışlar, fesatlıklar. Nedenini bir türlü anlayamıyorsun.

Peki, bu insanların neden sürekli üzerine geldiklerini ve seni neden bu kadar zor durumda bırakmaya çalıştıklarını sana söyleyeyim mi? Çünkü ruhunu şeytana satanlar senin temizliğini kıskanıyorlar. Senin de onlar gibi kötülükten yana olmanı istiyorlar. Gece gündüz planlar yapıp seni zor durumda bırakıp, temizliğini ve dürüstlüğünü senden almaya çalışıyorlar. Bunu elde edemediklerinde ise sana iftira ve çamur atıyorlar. Ama sen üzülme! Ellerindeki çamuru sana sıçratmaları aynı bataklığa girdiğinizi göstermez. İstedikleri kadar uğraşsınlar, onların pislikleri senin o tertemiz bedenini kirletmeye yetmez. Sen kimsenin dediklerine takılma. Bırak boş ver insanlar ne demiş, sen üzerindekileri yıkarsın geçer. Hem hiç kimse sana inanmasa da, Allah biliyor ya o sana yeter.

Unutma can; haklı insanlar kaybetmez. Bir kere Allah buna müsaade etmez. Sen inanmaya devam et. İlk raundu onlar kazanmış olsalar da, sonunda havaya kalkacak el seninki olacaktır.

Bir Gün Değerini Anlayacak Ama Geç Kalmış Olacak

Öncelikle şunu en başta söyleyeyim; Seven gitmez, gidemez! Senden giden eğer bir gün sana geri dönerse seni sevdiği için değil, onu sevdiğini bildiği için geri dönecektir. Sakın ona bu fırsatı verme. Çünkü dönse de hiçbir şey değişmeyecektir... İlgi ve sevginin fazlası basit insanları çabuk şımartır. Bu tip insanlar aşırı sevgi aldıklarında kendilerini vazgeçilmez zannetmeye başlayarak zamanla sevgisinden beslenmeye başladığı insana karşı acımasız biri hâline gelirler. Karakterleri zayıf olduğundan, sahip olduğu değerin farkına varıp, sevip, kalbinde taşımak yerine, kibirlenerek karşısındaki insanı ezmeyi ve küçümsemeyi seçerler. Ve sonunda karşısındaki insana ait bir sevgi ile krallığını ilan ettiğini düşünür ve kendilerine daha çok sömürge bulmak için elindekini bırakıp dış dünyaya açılırlar.

Şimdi gelelim konumuza. O gitti. Üstelik gayet rahat ve mutlu yaşıyor değil mi? Onun bu kadar rahat ve umursamaz olmasının sebebi, senin hayatına üzgün ve yaralı bir şekilde devam ediyor olmandır. Çünkü onun için üzüldüğünü görüyor ve istediği zaman geri döneceğini biliyor. İnsanlar emin oldukları şeyleri kafasına takmazlar. O da senin sevginden emin ve bu yüzden de rahat rahat yaşıyor. Ne zaman huzursuz olmaya başlar biliyor musun? Eğer bir gün onun için üzülmeyi bırakıp hayatını düzene koymaya başlayabilirsen, sende ki değişimler onu fena halde afallatacaktır. Günden güne senin iyileştiğini gördükçe onu unutmaya başladığını anlayacak ve bir gün hayatına başka birini alma ihtimalin onu huzursuz etmeye başlayacaktır. Onun aklındaki "Nasıl olsa garanti..." düşüncesini yok edebilirsen, seni kaybediyor olmanın verdiği telaşla hatalar yapmaya başladığını göreceksin. Ona hiçbir şekilde yüz vermeyip, aramayıp, sormayıp, ilgi ve alakanı kesersen, yaşadığınız ufak tefek şeyleri bile bahane edip sana yaklaşmaya çalıştığını fark edeceksin.

Peki, neden bu kadar panik ve telaş yapacak biliyor musun? Çünkü ona yüklediğin kibir seni kaybetmeye hazır değil. Ondan vazgeçemeyeceğini düşünüyordu. Gel dediğinde geleceğini, git dediğinde gideceğini zannediyordu. Aklınca hâlâ seni yönetebileceğini hayal ediyordu. Onu o kadar çok mutlu ettin ki, bu mutluluğu bir başkasına devredecek olmayı hazmedemeyecektir. Onu o kadar çok sevdin ki; bir daha bu kadar sevilemeyeceğini anlayıp, hırs yapıp, sinirlenecektir. Ve senin sayende kurduğu krallığın yine senin ellerinle yıkıldığını görmek onu deliye döndürecektir. Ancak unutma, bunların hepsi sevdiği birini kaybettiği için değil sebeplendiği birini kaybettiği içindir.

Peki, ne zaman değerini anlayacak biliyor musun? Bunu sana iki şekilde anlatacağım. Birincisi; aşk bağımsızlığını geri aldığında, onun sömürgesi olmaktan tamamen çıktığında, başka bir kalbe ısınmaya başladığında, seni kaybetmenin vermiş olduğu o pişmanlık hissi, ona senin değerini en net şekilde gösterecektir. Çünkü bir daha senin sevdiğin kadar temiz sevilmeyecektir. Sendeki mücadeleyi kimsede göremeyecektir. Her kaybettiğinde, seninle yaşadıkları aklına gelecektir. Ve tüm bunlar onu fazlasıyla pişman etmeye yetecektir. İkincisi; sendeki rahatlığı başkalarında bulamadığında, o gezindiği çöplüklerde senin gibi bir değere rastlayamadığında ve sendeki yerini tamamen kaybettiğini anladığında; o pişmanlık hissini iliklerine kadar yaşayacaktır. Çünkü bir daha bu kadar mutlu olamayacak, hiç kimse ona senin kadar merhametli davranmayacak, her yediği darbede seni mumla arayacak ve bulamadıkça değerini çok daha iyi anlayacaktır.

Bu Hayatta Yaşamaya Değer Güzel Şeyler de Var

Aslında hayat, sana kötülük yapan insanların kalpleri kadar kötü bir yer değil. Bu hayatta yaşamaya değer güzel şeyler de var. Şöyle derin bir nefes alıp, kendini sana zarar veren insanların izlerinden arındırıp etrafa daha derin bir göz ile baktığında, bugüne kadar gözünden kaçırdığın çok güzel şeyler olduğunu görebilirsin. Hatta Yaradan'ın mükemmeliyetine teslim olarak huşu içerisinde kulak verirsen, onların neler söylediklerini de duyabilirsin. Mesela gökyüzüne bir bak. Bulutların görev aşkıyla nasıl sağdan sola koşturduklarını bir gör. Güneşin toprağı ve canlıları ısıtırken ne kadar da güzel bir hâl aldığına bir bak. Uçsuz bucaksız yıldızların nasıl da müthiş bir düzen içerisinde sıralandıklarını bir izle. Gece insanların üzerini örterken onların dinlenmelerine sebep olduğu için nasıl da huzur koktuğunu bir gör… Hangi ressam böyle güzel bir resim çizebilir ki? Hangi usta bulutları böyle incelikle işleyebilir ki? Ya da hangi güç, güneşe fazla yaklaşma, geceye fazla uzaklaşma diye emir verebilir ki? Böylesine güzel bir gökyüzü yaratan, koruyan ve havada tutan Allah, senin için de böyle kusursuz mükemmellikler vermez mi? Mesela bir ağaca bak. İlkbaharda Rabb'ine şükredercesine açtığı çiçekleri seyret. O kadar soğuğa sabrettiği için Rabb'inin ödül olarak her bir dalına muhteşem bir simetri ile çiçekleri nasıl dizdiğine bir bak. Yazın verdiği meyveleri toplanırken yaşadığı mutluluğu bir gör. Koparılan her bir meyvesinin canlılara rızık olmasını nasip ettiği için Rabb'ine nasıl teşekkür ettiğini bir dinle. Sonbaharda görevini yapmış olmanın verdiği huzurla başını öne eğip; "Allah'ım tekrarını nasip et." der gibi yapraklarını döküşünü bir izle. Kışın gövdesi karlar altında kaldığında bile Rabb'inden hiç umudunu kesmeyip, O'na nasıl tevekkül ettiğini ve sığındığını bir gör. Hangi üretici bu kadar güzel bir ürün yapabilir ki? Ya da hangi mühendis bu kadar kusursuz bir eser ortaya çıkarabilir ki? Sıradan bir ağacı bile bu kadar sevindirip, ödüllendiren Allah, seni neden mutlu edip hayatından razı etmesin ki?

Yerdeki karıncaya bir bak. Rızkı için girdiği risklere şahit ol. Onu bulmak için kat ettiği zorlu yolculuğu bir izle. Nasıl pes etmediğine, başaramadığında nasıl tekrar tekrar denediğine bir bak. Ve sonunda Rabb'inin onu nasıl rızkına kavuşturduğunu, yuvasına geri dönerken onu ve rızkını nasıl koruduğunu bir gör. Yerdeki bir karıncayı dahi unutmayan, ona rızkını veren ve onu bu kadar koruyan Allah, seni neden bir şeylerden mahrum bıraksın ve korumasın ki?

Hayatta o kadar güzel şeyler var ki; bir kelebeğin kanatlarındaki o muhteşem desen, bir fırının önünden geçerken aldığın o taze ekmek kokusu, örümceğin ördüğü o kusursuz ağ ve tabii ki senin o güzel kalbin... Muhteşem değil mi? Yaratılıştaki o kusursuz mucizeleri görüp insan biraz da kendi kendini iyileştirmelidir. Dünyanın kötü yüzüne bakıp iç karartacağına, iyi yüzüne bakıp umut dolmak gerekir. Allah her şeyi o kadar muntazam sıralamış ki, bu sıra bir gün sana da gelecektir. Ben inanıyorum; Bir gün mutlaka senin için de bir yerlerde aşk şarkıları söylenecektir. Bir şeyleri düzeltmek istiyorsan, hayata farklı bakış açılarıyla da bakmayı öğrenmelisin. "Ben bu kadar şeyin altından nasıl kalkacağım" kaygısıyla kendini negatif düşüncelere hapsetmek yerine, biraz başını kaldırıp hayata pozitif bir pencereden bakabilirsen, senin için hazırlanmış güzellikleri daha net görebilirsin. Ya da "Başaramayacağım." hissiyatından uzaklaşıp, kendini "Mücadele ettiğimde her şeyi geride bırakabilirim." düşüncesiyle güçlendirebilirsen, gerçekten mücadele ettiğinde her şeyi geride bırakabilirsin.

İnsanlar seni mutlu edemiyorlarsa sen de kendini hayatın güzelliklerini yakalamaya ada. Etrafındaki boş ve samimiyetsiz insanlarla vakit geçireceğine ya da sevgine layık olmayan insanları sevindirmeye devam edeceğine; bir sokak hayvanını doyurmanın verdiği mutluluğu yaşa. Başını seccadeye koyup Allah'a secde etmenin huzurunu yaşa. Ya da ufak bir çocuğa şeker vermenin ve onun gözlerindeki gülümsemeyi izlemenin verdiği o harika tadı yaşa. İnan bana böyle yaşadığında hiç kimseye ihtiyacın olmadığını ve tek başına da mutlu ve huzurlu olacağını anlayacaksın.

Unutma, uyandığın her sabah senin için yeni bir umut. Aldığın her nefes senin için yeni bir şans. Attığın her adım senin için yeni bir başlangıç. Ettiğin her dua senin için yeni bir koruyucu... Aslında hayatında sahip olduğun o kadar güzel şeyler var ki; Hepsi hayatına yeniden başlayabilmen için seninle beraber. Hepsi sana yardımcı olabilmek için senden bir gayret bekliyor.

Hadi, güzel şeyler için güzel bir dilek tut şimdi. Ve gerçekleştirmesi için Allah'a dua et.

Bugün İlk Kez Kendin İçin Yaşa

En son ne zaman kendin için bir şeyler yaptın? Geçen ay? Geçen yıl? Çok daha önce? Belki de hiçbir zaman yapmadın değil mi? Aslında ihtiyacın olan her şeye sahipsin. Ama sen kendi hayatını hiç önemsemiyorsun. Hep etrafındaki insanları mutlu etmeye çalışıyorsun. Bütün enerjini başka insanlar için harcıyorsun. Herkesi mutlu etmeye yetecek kadar büyük bir kalbin var ama sen bunu kendin için kullanmıyorsun. Sonra da neden ben mutlu olamıyorum diye üzülüyorsun.

Kendin için bir şeyler yapma vaktin gelmedi mi? Daha ne kadar kendini unutacaksın? Daha ne kadar kendini arka plana atacaksın? Kendine bu kadar ihtiyacın olduğu bir zamanda, daha ne kadar başkaları için yaşayacaksın? Kendini, başka insanlar için yaptığın mücadelelerinden mahrum bırakma. Etrafındaki insanlar için harcadığın gönül zenginliğini biraz da kendin için harca. Bir kez olsun kendin için aç hayat kapılarını. Çünkü sen herkesten daha çok hak ediyorsun mutlu olmayı.

Hep başkaları için yaşamış insanların en büyük pişmanlıkları genelde kendileri için hiçbir şey yapmamış olmalarıdır. Eğer sen de bu pişmanlığı yaşamak istemiyorsan; bugün hayatının hiç kimseye bağlı olmadan yaşayacağın ilk günü olsun. Bugün ilk kez kendin için savaş, gerekirse kendin için yaralan hatta kendin için kaybet. Başkaları için yaptıklarını bugün ilk kez kendin için yapmaya başla. Kendin için yola çık, kendin için ilerle ve kendin için mücadele et. Bir gün yaşlandığında bugünler aklına gelip "Kendim için yaptım." demenin huzurunu yaşamak varken, "Hep başkaları için yaşamışım." demenin üzüntü ve pişmanlığını yaşamaya ne gerek var ki?

Unutma, kendini ihmal ettiğin müddetçe başkalarını mutlu etsen bile kendin mutlu olamayacaksın. Ya da kendine güvenerek yaşamadığın sürece hayatındaki her problemde başkalarının yardımına ihtiyaç duyacaksın. Eğer etrafındaki insanların seni kullanmalarını istemiyorsan kendine onlardan daha çok değer ver. Çünkü insanın en büyük yanlışlarından bir tanesi, kendine değer vermeyip, başka insanlardan değer görmeyi beklemesidir. Bir insan kendini önemsemiyorsa, başkaları da o insanı önemsemeyecektir. Bu yüzden her insan hayatındaki ilk sıraya kendini koyması gerekir.

Hiçbir şeye sahip olmasan da rahat ve huzurlu bir hayat yaşamak istiyorsan eğer; önce kendini sev, önce kendini mutlu et ve daima kendinle barışık yaşa. Çünkü ben hayatım boyunca kendini sevmiş, kendine değer vermiş insanların başkalarına muhtaç yaşadıklarını görmedim.

Başka insanlar için yaptıklarının yarısını kendin için yaptığın gün, hiç kimseye ihtiyacın olmadığını anlayacaksın.

Geceye Not

Bir insana yeni bir şans daha vermeden önce,
daha önceki şansını nasıl heba ettiğini sakın aklından çıkarma.
Unutma; insanlar değişmez.

Allah Var, O Beni Yardımsız Bırakmaz ki!

Şimdi sana yaşadığın her şeyi düzeltebilecek bir sır vereceğim; hayatında bir şeyler ters gittiğinde ve ağırlıkları dayanılmaz boyuta geldiğinde içinden hep şunu tekrar et; "Allah var, o beni yardımsız bırakmaz ki!" Bunu tekrar ettiğin sürece her türlü olumsuzluklardan kurtulacaksın.

Peki, neden biliyor musun? Çünkü suçlu değilsin! Her şeyin güzel olmasını istemen, çok iyi niyetli olman, kalbinden kötülük geçirememen ve karşındaki insanları kendin gibi zannetmen sebebiyle, ikiyüzlü ve içten pazarlıklı insanlar tarafından sorunların içine çekilmek senin suçun değil. Ve üstelik hiç suçun olmadığı hâlde kimsenin sana yardım etmemesi hatta en yakınlarının bile senden yüz çevirmesi hak ettiğin bir karşılık değil. İnsanlar iyi niyetini kullanıyorlarsa, sana hak etmediğin şeyler yaşatıyorlarsa ve bir de sana sırtlarını dönüyorlarsa, artık senin koruyucun yalnızca Allah'tır. Ve eğer O'ndan yardım istersen, o seni tüm bu haksızlıklardan ve sonucunda yaşadığın acılardan kurtaracaktır.

Ben ne zaman zor bir duruma düşsem, ne zaman içinden çıkamayacağım şeyler yaşamaya başlasam içimden hep bunu tekrar ederim. Ve inan ki Allah her seferinde bana yardım etmiştir. Sen de bundan sonra hak etmediğin şeyler yaşadığında, bu durumdan kurtulmak ve hak ettiklerine kavuşmak için Allah'tan yardım iste. Çünkü herkes seni terk etse bile, O her zaman seninle olmaya devam edecektir.

Onlar sana sırtını dönerse dönsün,
Allah seninle yetmez mi? Sen O'ndan yardım istersin de,
O sana yardım etmez mi?

Her Şeyde Bir Hayır Vardır

Zamanın birinde bir padişah yaşarmış. Padişah avlanmayı çok sever sık sık ava gidermiş. Padişahın aklıselim, her şeyi ona danıştığı "Her şeyin hayırlısı, her şeyde bir hayır vardır." cümlesini dilinden düşürmeyen bir de veziri varmış. Padişahın başına bir şey gelse vezir hep "Padişahım üzülmeyin her şeyde bir hayır vardır." dermiş. Padişah da vezire bu yüzden çok kızarmış. Yine bir gün padişah vezirine "Bugün ava nereye gidelim?" diye sormuş. Vezir bir yer tarif etmiş. Oraya gitmişler fakat avlanırken padişah elinden ciddi şekilde yaralanmış ve hatta bir parmağı kopmuş. Padişah vezirine kızmış. "Senin yüzünden oldu." demiş. Vezir yine her zamanki gibi aynı cevabı vermiş. "Her işte bir hayır vardır padişahım, üzülmeyin." demiş. Bunun üzerine padişah vezirine daha çok kızmış. Ben elimi kesiyorum, parmağımı kaybediyorum, sen bana "Her işte bir hayır vardır." diyorsun deyip veziri zindana attırmış. Vezir zindana giderken yine "Her işte bir hayır vardır" deyip gitmiş. Padişah yine öfkelenmiş "Adamı zindana attırıyorum adam yine aynı şeyi söylüyor." demiş.

Padişah yine bir gün avlanmak için birkaç adamla bir başka insan ayağı değmemiş bir yere gitmiş. Avlanırken oranın yerlileri padişah ve adamlarına baskın yapmış ve onları esir etmişler. Yerliler her gün bir esiri kendi inançları gereği kurban ediyorlarmış. Sıra padişaha gelmiş ama onu serbest bırakmışlar. Çünkü yerlilerin inancına göre sakat veya vücudunda bir yeri eksik adamdan kurban olmazmış. Yerlilerin inançları gereği padişah ölümden kurtulmuş. Padişah ormanda uzaklaşırken veziri düşünüp ona hak vermiş. Hemen ülkesine dönüp vezirini serbest bırakmış. Pişman olmuş, af dilemiş vezirinden. Vezir; "Olsun padişahım, bunda da bir hayır vardır." demiş. Padişah dayanamayıp vezire; "Haydi benim parmağımın kopmasını anladım, peki senin zindana girmendeki hayır nedir?" demiş. Vezir gülümseyerek padişaha şöyle demiş; "Eğer ben, zindana girmeyip sizin yanınızda ava gelseydim, yerliler şimdi diğerleri gibi beni de kurban etmiş olacaklardı." demiş.

Başımıza olumsuz bir olay, bir kaza ya da bir bela geldiğinde hemen öfkelenip isyan etmek yerinde, o olayın içinde bir hayır olabileceğini, Allah onu bize verdiyse sonuncunun bizim için mutlaka hayır olacağını unutmamak gerekir. O an her ne kadar bizim için kötü bir durummuş gibi görünse de ona sabretmeliyiz. Bizim bilmediklerimizi bilen Allah'tır. Geleceği görebilen de yalnızca o dur. "Sizin şer bildiklerinizde hayır, hayır bildiklerinizde şer vardır." sözü asla unutulmamalıdır. Bu yüzden her durumda Allah'a güvenmeli ve hakkımızda hayırlı olanı vermesi için Allah'a sürekli dua etmeliyiz. Hayatınızda bir şeyler ters gittiğinde, işinizde, evinizde ya da ilişkilerinizde sıkıntıya düştüğünüzde sürekli olarak bu hikâyeyi okumanızı tavsiye ederim.

Eğer hakkıyla sabredebilirseniz, yaşadığınız en kötü olayların içinden bile hayırlar çıktığını göreceksiniz.

Vazgeçme!
Ne Kadar Yaklaştığını Bilmiyorsun

Pes etmek istiyorsun değil mi? Kendini o boşluğun içine bırakmak ve her şeyden vazgeçip öylece çekip gitmek istiyorsun. Mücadele etmekten yoruldun. Gücünün tükendiğini düşünüyorsun. Ve artık ne olacaksa olsun diyorsun değil mi? "Ne için savaşacağım" diye iç geçiriyorsun değil mi? Tabii ki kendin için savaşacaksın. Çünkü şu an göremiyor olsan da henüz her şey bitmiş değil ve sen de tamamen kaybetmiş değilsin. Şöyle bir silkelensen, üzerindeki ölü toprağını döksen, şöyle inanarak ve Yaradan'a sığınarak son bir gayret göstersen, belki de her şeyi düzelteceksin. Sakın bana bu mümkün değil deme. Çünkü bunu denemeden bilemezsin... Her şey alt üst olmuş gibi duruyor ve bu seni korkutuyor değil mi? Hayatında ki birçok şeyin bozulmuş olması ve onları düzeltebilecek bir şeylerin olmaması, seni mücadele etmekten alıkoyuyor değil mi? Üstelik yeniden başlamak istesen bile nereden başlayacağını bilemiyorsun. Bu da senin hayata kollarını açmana ve yeniden başlamana engel oluyor değil mi?

Peki, ben sana nereden başlayacağını söyleyeyim mi? Tabii ki kendinden başlayacaksın. Çünkü sen, sana göre sıfırsın. Ve her şeyi düzeltebilmek için doğal olarak sıfırdan başlamalısın. Zaten şöyle bir baktığımızda kaybedecek hiçbir şeyin kalmamış. Bu yüzden arkaya bakmaktansa, kendine yepyeni bir gelecek kazanmak için uğraşmalısın. Bak, ben sana yeni bir sayfa aç demiyorum. Elindeki defter ile kalemi çöpe at diyorum. Bugüne kadar insanları yazdın, sayfalar atladın da eline ne geçti? Bugünden itibaren değiştir kendini. Bırak başkaları senin için yeni sayfalar açsın. Bırak seni hak etmeye çalışanlar senin için yeni tarihler atsın. Sen bildiklerini aklına yazmayı öğren. Bırak birazda seni kaybetmeye korkanlar kendine defterler alsın.

Hayatına geri dön! Bu saatten sonra pes etmek demek, ileride yaşayacağın güzel günlerden vazgeçmek demektir. Zaten sevdiğin insanlar için hayatını ikinci plana atarak geçmişine haksızlık etmişsin. En azından şimdi pes ederek geleceğine haksızlık etme derim. Unutma ki; şu an her ne kadar canın yanıyor olsa da, bir gün onu alt etmeyi başaracaksın. Kaderini kovalamaktan vazgeçme çünkü onu bir gün mutlaka yakalayacaksın. O mutluluk bir gün ayağına gelecek ve sen de herkes gibi güzel bir hayat yaşayacaksın.

Hep böyle zorluklar içerisinde kalmayacaksın. İnan bana geçecek! Nasıl geldiyse bu dert öyle gidecek. Nasıl yanıyorsa için öyle de sönecek. Nasıl dökülüyorsa gözyaşların öyle yüzün gülecek. Hiç üzülme, gönlünü ferah tut. Çünkü bir gün mutlaka Allah sana bir yardımcı gönderecek.

Sakın vazgeçme! Çünkü ne kadar yaklaştığını bilmiyorsun. Belki yarın bugünden daha güzel bir gün olacak. Belki senin için tertemiz bir hikâye yazılacak. Belki de yarın hayatının insanı ile tanışacaksın. Neden olmasın ki? Bu yüzden vazgeçip, pes etmek yerine yarınlar için savaşmaya devam et. Hem kazanamasan bile savaşarak kaybetmiş olursun.

Umut yarında, nasip yakında.
üzülme can, Allah yanında...

Kadın Neden Gider?

Kadın ağlatıldığı için değil, ağlatılacak kadar değersiz gördüğünüz için gider. Çok sevdiği, çok ilgilendiği ve çok sahiplendiğinden karşısındaki insan ona karşı değişip kibirlenip, onu üzmeye kırmaya ve kendini vazgeçilmez zannetmeye başladığı için gider. Kırılan güveninin ya da yıkılan hayallerinin tamiri için yeterli çabanın sarf edilmediğini gördüğü için gider. Teninin kalbinden daha fazla değer görmeye başladığını ve karşısındaki insanın gönlüne değil nefsine hizmet ettirmek için yanında olduğunu anladığı için gider. Sevdiği insanın, bu sevginin arkasına yaslandığını ve hiçbir şey yapmadan orada rahatça yaşamak istediğini anladığı için gider. Sevdiği insanı üzmemek için kabullendiği şeylerin çaresizlikle eş değer görülmesi ve sevdiği insana verdiği o muazzam değerin neticesinde, sevgisine yenileceği ve ne yapılırsa yapılsın gidemeyeceği zannedildiği için gider. Sabrettikçe üstüne gelindiği, sustukça daha fazla üzüldüğü ve kalbinde büyüttüğü kişi tarafından küçük görüldüğünü hissettiği için gider. Artık denenecek bir yolun, verilecek bir şansın ve karşısındaki insana tahammülün kalmadığını anladığı için gider.

Unutma; kadın kolay kolay gitmez. Ama gitmişse de kolay kolay dönmez. Sen sen ol, seni seven kadın gidemez zannetme…

Yarın Ola Hayrola

Umutsuz olma. Kim yenebilir ki seni Allah izin vermedikten sonra? Dur bakalım hemen pes etme, daha hayatın sana mutluluk borcu var. Sen Allah'ın yolundan ayrılma, O sana en güzel kapıları açar. Sen gönlünü ferah tut, her şey olacağına varır. Yapılan haksızlıklar kimin yanına kalır? Bugün olmasa yarın, Allah intikamını alır... Kaybettiğini düşünme. Dur bakalım oyun henüz sona ermedi. Kader daha son kozunu göstermedi. Şartlar aleyhine gözükse de, Allah henüz bir karar vermedi. Hiç şüphem yok! Ben senin kazanacağına inanıyorum. Mutlu günler yaşayacağını biliyorum. Senin için çok güzel bir gelecek hayal ediyorum. Ve senin de buna inanmanı istiyorum.

Hayatta her şey nasip kısmettir. Elbet kader gayretlerinin karşısında boyun eğecektir. Yer de yarılsa, gök de açılsa Allah nasibini sana verecektir. Belki biraz zaman geçecektir. Ama bir gün mutlaka dua ederek istediğin şeyler sana gelecektir.

Unutma! Yarınlar iyi insanlar içindir. Çünkü zaman, Allah'ın temiz kullarına hediyesidir. Elbet kalbinin temizliği hak ettiğin mutluluğu sana getirecektir. Bu yüzden hiç kafana takma, yaslan arkana, bırak Allah'a "Yarın ola hayrola."

Bugün üzülüyor olman, yarın mutlu olmayacağın anlamına gelmez. Unutma ki kalbinde zerre iyilik barındıran bir insan, kalbine layık birini bulmadan ölmez.

Daha Önce Başardın, Yine Başaracaksın

Hayırdır neyin var? Nedir bu çöküntü? Gören de üzerine fil oturdu zanneder. Hadi kalk bakalım. Yazık şu kalbine, aklına, bedenine... Söylesene ne zaman kendine geleceksin? Yaşadıklarını kafana takmaktan ve kendini boşa yormaktan ne zaman vazgeçeceksin? Yeter artık! Bir an önce toparlanmalı ve kendine gelmelisin.

Öncelikle şurada bir anlaşalım; bu senin altından kalkamayacağın bir yük değil. Kimseyi boş yere kandırma. Kendin için savaştığın günleri hatırla. İstediğinde neler başarabileceğini ikimiz de biliyoruz. Daha önce başardın, yine başaracaksın. Kapanmak yerine biraz gayret göstersen bu yükün altından da kalkacaksın. Sen, bu kadar haksızlığa rağmen kimsenin ahını almamışsın. Bu kadar kötülüğün arasında iyi kalmayı başarmışsın. Ne acılara göğüs germiş, ne fırtınalara dayanmışsın. Şimdi bu ufacık rüzgârlarda mı yıkılacaksın? Sen, başkalarının hakkına girmemek için mutluluğu bile elinin tersiyle itmişsin. Üzerine gelen onca şeye rağmen dik durmaktan vazgeçmemişsin.

Kimseye eğilmemek için "Kan kusup da kızılcık şerbeti içtim." demişsin. Şimdi basit biri yüzünden kişiliğinden mi vazgeçeceksin? Az kaldı biraz daha dayan! Yakında bu düğüm senin için çözülecek. Rüzgâr senin lehine yön değiştirecek. Tüm olumsuzluklar tek tek üzerinden düşecek ve bu kara talihin sonsuza dek toprağın altına gömülecek.

Biraz daha sabret!

Gerçek Yüzsüzler

Aşk güzel şeydir ama her zaman değil. Çünkü seven insanı yanıltabilir. Gerçekleri ya da yanlışları görmesini engelleyebilir. İnsan kalbi duygularını kontrol edemediği için tercihlerini ve kararlarını etkileyebilir. Körü körüne bağlanırsan eğer, gerçek yüzünü görmeni engelleyip hayatını etkileyecek yanlışlar yaptırabilir. Dikkatli ol bunların hepsi senin başına da gelebilir. Çünkü her insan sevmeye meyillidir. Ama her ne olursa olsun bir insanı sevmek, ona inanmak ve neticesinde kandırılmak hata değildir. Asıl hata sevgini bastıramayıp yalanlarına inanmaya devam etmektir. Sevdiğin insanın seni kandırdığını ya da kullandığını anladığında ondan uzaklaşmak, tamamen kurtulmak için yeterli olmayacaktır. Her ne kadar gerçek yüzünü görmüş olsan da bu sana yetmeyecek, bir gün tekrar geri dönüp senden sebeplenmek isteyecek ve bunun için her yolu deneyecektir.

İlk kullanmak isteyeceği şey "zaman" olacaktır. Senden belli bir süre uzaklaşıp içindeki nefretin ve hayal kırıklığının azalması ya da soğuması, üzerine yıktığı enkazdan çıkan toz bulutlarının dağılması ya da yok olması için zamanı kullanmak isteyecektir. Sana ne olduğunu önemsemeyecek, seni kazanmak için hiçbir çaba sarf etmeyecek, her şeyi yine senin halletmeni seyredecek, zamana ve senin ona verdiğin değere güvenip, sinsice uzak bir köşede kendi kendine yenilmeni bekleyecektir. Çünkü sen onu temiz duygularla severken, o sonrasını da hesaplamış, senin ne zaman ve hangi şartlarda pes edeceğini iyi öğrenmiştir.

Eğer bunda başarılı olamazsa ikinci aşamaya geçecek "sevgini" kullanmaya çalışacaktır. Kalbinde hâlâ kullanabileceği, sömürebileceği ya da kendi avantajına çevirebileceği sevgi kaldı mı yoksa kalmadı mı görmek isteyecektir. Seni kıskandırarak, gizlenip telaşlandırarak ya da türlü mesajlarla hâlâ seviyorum havası yaratarak, içinde sakladığını düşündüğü sevgini gün yüzüne çıkarmaya çalışacaktır. Eğer ona karşı içinde tuttuğun sevgi, değer ya da özlem gibi karşı konulamaz duygulardan birini yakalarsa, bunu mutlaka sana karşı kullanacaktır. Çünkü menfaatlerine giden yolun sevginden geçtiğini çok iyi biliyordur... Eğer bunda da başarılı olamazsa diğer bir aşamaya geçecek "vicdanını" kullanmaya çalışacaktır. Suçu sana atmaya çalışmak, kendini haklı çıkarmak, sende pişmanlık duygusu yaratıp kafanı karıştırabilmek için vicdanınla oynamaya çalışacaktır. Seni sonsuza dek gitmekle tehdit ederek, seni insanlara karşı kötüleyerek, bu ilişkinin bitme sebebi olarak göstererek vicdanına yenilmen için uğraşacaktır. Bu konuda profesyoneldir. İyi insanların vicdanlarına kolay yenildiklerini bilir. Çünkü bunu daha önce de denemiştir.

Eğer bunda da başarılı olamazsa son hamlesini yapacak ve sana vaatlerde bulunacaktır. Tekrar denemek istediğini, her şeyi düzeltebileceğini ve bambaşka biri olabileceğini iddia edecektir. Seninle barışabilmek için her yolu deneyecektir. Ama unutma, amacı hiçbir zaman değişmeyecektir. Kendini kullandırma! Eğer inanacak gibi olursan; seni nasıl yaralı bırakıp gittiğini, gözyaşlarını nasıl umursamadığını ve seni nasıl da acımasızca kullandığını hatırla. Ve sen sen ol; aşkından ölsen de onu amacına ulaştırma. Çünkü amacına ulaşırsa, bir gün tekrardan seni bırakıp gidecektir unutma.

Susuyorsam bendeki ömrünü tamamladığın içindir. Bilirsin, bizde ölülerin arkasından konuşulmaz.

Sakın Yanlışa Düşme, Allah Her Şeyin Farkında!

Sen haklı olduğun hâlde bu kadar üzüntüye mahkûm olmuşken, onun haksız olduğu hâlde hayatına mutlu mesut devam ediyor olması seni derinden yaralıyor değil mi? Allah'a dua ettiğin hâlde, onun hala bir yerlerde mutlu olduğunu bilmek sana dokunuyor değil mi? Dualarına karşılık alamadığını düşünmek, gözyaşlarının boş yere döküldüğünü zannetmek seni daha da çok mutsuzluğa gömüyor değil mi? "Bu nasıl olabilir" dediğini duyabiliyorum. Nasıl olurda ilahi adalet tecelli etmez? Nasıl olurda bu hesap görülmez? Nasıl olurda Allah hak ettiği cezayı vermez? Bu sorulara cevap bulamamak çok ağrına gidiyor, canını daha da çok acıtıyor, inancını zayıflatıyor değil mi?

Sakın yanlışa düşme, "Çaresizim!" diye isyan etme. Allah senin hayal kırıklıklarına, gözyaşlarına, acılar içerisindeki yakarışlarına seyirci kalmıyor. Bilakis senin sabrını deniyor, dualarını dinliyor, inancını test ediyor ve bunlar için mükâfatlarını hazırlıyor.

Hiç üzülme! O şuan eğlensin, gezsin tozsun, istediği kadar mutlu olsun. Kader bir gün onu o masaya götürecek. Yaptıkları bir bir önüne dökülecek. Asla tereddüdün olmasın, bu hesap mutlaka görülecek. Hiç gelmeyeceğini zannediyorsun ama o gün gelecek. İster bir gün olsun ister on yıl, o baş Allah'ın karşısında eğilecek. Ve hakkın sana mutlaka teslim edilecek... Sabret.

Her insan bir gün gerçek yüzünü göstermek zorunda kalır. Çünkü hiçbir maske hiçbir yüzde sonsuza dek kalıcı değildir.

Kaderin Sana Sunduğu En Büyük Armağan

Biliyor musun? Şu an dünyanın herhangi bir yerinde; kalbi temiz, ruhu temiz, niyeti temiz, karakteri düzgün ve seni gelecekte çok mutlu edecek bir insan var. Bekliyor! Senin hayalini kuruyor. Senin için her şeye sabrediyor ve bir an önce kavuşabilmeniz için Allah'a dua ediyor.

İnanıyor musun? Belki yarın belki daha da yakın. Bir köşe başını dönerken çarpışacaksınız. Ya da bir kütüphanede veya sinema salonunda karşılaşacaksınız. Öyle bir insan göreceksin ki; o senin dualarının vücut bulmuş hâli, o senin sabrının karşılığı, o senin Allah'a sonsuz güvenmenin mükâfatı. Ona bakacaksın "Ben bu insanı tanıyorum" diyeceksin. İnan bana yaşamak istediklerini onun göz bebeklerinin içinde göreceksin. Hüznün, kederin, seni mahzun eden ne varsa hepsi ayaklarının altından dökülüp gidecek. Ve sen uzun zaman sonra yüzünde açan ilk gülümsemelerin ile kaderin sana sunduğu en büyük armağanı seyredeceksin.

Düşünebiliyor musun? Yanına yaklaşacak, sana ellerini uzatacak. Belki de ellerin ilk kez bu kadar masum tutulacak. Derin derin gözlerinin içine bakarken, edebiyle taşıdığı kalbinin anahtarlarını sahibine sunacak. Kalbine dokunacaksın. Bir mutluluk ki tüm dünyanı aydınlatacak. Ruhunu saran tüm karanlıkları dağıtacak. Sana öyle bir sarılacak ki, tüm dünya şefkatin ne demek olduğunu hatırlayacak. Ve işte o an, dünyadaki cehenneminin bittiği an olacak.

Hayal edebiliyor musun? Her şeyin değişmeye başladığını fark edeceksin. Yağmurun ne kadar güzel yağdığını göreceksin. Martıların sizin için söylediği şarkıları dinleyeceksin. Papatyaların sevinçten yaptığı dansları izleyeceksin. Hayat senin için o kadar güzelleşecek ki; neye bakarsan bak, hep mutlu olacak ve daima gülümseyeceksin.

Sabırla bekle!

Ansızın yüreğinin zili çalınacak. Kaderinin kapıları açılacak. Gelen; alnının akıyla, edebinin berraklığıyla yüreğine oturacak. Dua dua işlediğin ve sabırla beklediğin aşk tacını takacak, senin için savaşacak ve her şeyi göze alacak. Ve öyle bir seveceksiniz ki birbirinizi; Allah dahi aşkınızdan razı olacak.

Sen Rabb'ine güvenerek yaşamaya devam et. Çünkü Allah senin dualarını işitendir. Ne istediğini en iyi bilendir. Elbet bir gün kalbinin temizliği kaderini temizleyecektir. Ve layık olduğun mutluluk ve huzur sana teslim edilecektir…

Kapat gözlerini, aç ellerini ve de ki;
Rabb'im bana senden bir umut lazım.
Sen sebep ol, ben sonuca razıyım.

Üzülme!
Eğer Allah sana bir şey nasip ettiyse
onu senden almaya kimsenin gücü yetmez.
Sabret!
Senin olan mutlaka sana gelecektir.

Sevgimi Helal Etmiyorum

"Sevmek" kelimesinin bütün dillerde yazılmış tanımlarını okudum. Ama hiçbirinde acı çekersin, pişman olursun, üzülürsün ya da kandırılırsın yazmıyordu. Sahi sen beni hangi dilde sevmiştin ki bu kadar üzüntüye mahkûm edebildin? Hangi kitapta ne okudun ki sevgiyi silah olarak kullanmayı seçtin? Hani sevmek masumiyetti? Hangi âşığın tanımı seni bu kadar zalimleştirebildi? Hayatımın başrolünde olduğun zamanlarda, yaşadığım onca kötü olayın hiçbirini üzerine alınmamak nasıl bir duygu? Sana kendini nasıl hissettiriyor, doğrusu çok merak ediyorum. Ben bir insanı bu kadar üzsem kahrımdan ölürdüm herhâlde. Peki, sen vicdanını nerede bıraktın ki, bu kadar rahat yaşayabiliyorsun?

Hadi diyelim ki sana güvenmek benim suçum olsun. Hadi diyelim ki inanarak hata ettim. Peki ya bana yaşattıkların? Hayatımı güzelleştireceğine dair verdiğin sözler peşini bırakacak mı sanıyorsun? Kimseler görmesin diye kuytu köşelerde döktüğüm gözyaşları senden hesap sormayacak mı zannediyorsun? Ya da hayatımın en büyük yangınıyla beni baş başa bırakıp kaçarken, arkandan ettiğim ahlar ve feryatların iki yakana yapışıp senden hesap sormayacağını mı düşünüyorsun?

Ben bu kadar hayal kırıklığına, bu kadar üzüntüye Rabb'im verdiği için sabrederim de, sen bunlara sebep olduğun için cezanı çekeceksin, biliyorum. Hakkım, hukukum, yaşadıklarım şöyle bir tarafa dursun; ben sana sevgimi helal etmiyorum.

Kendine Haksızlık Etme

İnsanın kendine yaptığı en büyük yanlış nedir biliyor musun? Ona zarar veren insanların suçlarını üstlenmek ve yüklerini taşımaya devam etmektir. Düşünsene, bir insan sana zarar veriyor sonra da hiçbir şey olmamış gibi çekip gidiyor. Sen de o zararın faturasını ona inandığın için kendine kesiyorsun. Ve hatta hayatının geri kalanını o yükle yaşamaya çalışıyorsun. Hem hayallerini öldüreni serbest bırakıp hem de suçu kendin üstlenip bir de cezasını kendine ödetmek, insanın kendine yapacağı en büyük ve en acımasız yanlış olacaktır.

Elinden geleni yapmış olmanın verdiği rahatlığı yaşamak varken, gidenin ardından üzülmek, gözyaşı dökmek hayatına haksızlık etmek demektir. Hiçbir suçun olmadığı hâlde başını öne eğmek, yapmadığın şeyleri kabullenircesine hayatına küsmek, seni doğru insana götürmeyeceği gibi, yanlış insanların daha da çok etrafına doluşmasına neden olacaktır. Dünyada öyle insanlar var ki; bir insanın açığını ya da zayıf tarafını bulduğunda onu kan emen gibi emebilmek için giremeyeceği kılık, söyleyemeyeceği yalan ve yapamayacağı plan yoktur. Eğer kendini suçlu hissetmekten ve değersiz görmekten bir an önce kurtulmazsan, bu tip insanların ortasına düşer ve maalesef hayatını hep bunlara kaybederek geçirmek zorunda kalırsın.

Unutma; sen kimseye hiçbir şey yapmadın. Kimseyi kandırmadın, kimsenin hayalleriyle oynamadın ve kimseyi yarı yolda bırakmadın. Bu yüzden sana zarar veren insanların suçlarını kendin üstlenerek, cezalarını kendine ödeterek geleceğini yok etme. Basit insanlar için hayatını katletme. Çünkü hayat buna değmeyecek kadar güzel…

Olmaz Diye Bir Şey Yoktur. Çünkü Allah Yoktan Var Edendir

İster denizin dibinde ol, ister çamurun içinde.
İster uçurumun eşiğinde ol, ister karanlığın köründe.
Yapacak hiçbir şey kalmadığını düşündüğün anda bile,
Sakın umutsuzluğa düşme!
Zira olmaz diye bir şey yoktur. Çünkü Allah yoktan var edendir.

Her şeyini kaybetmiş olsan da, acılar içerisinde yuvarlansan da,
Tutunacak bir dal bulamasan da, yine de umutsuz olma!
Zira çaresizlik diye bir şey yoktur.
Çünkü Allah her şeye gücü yetendir.

Üzüldün mü? Bir daha mutlu olamam diye düşünme.
Çünkü Allah iyi kullarının yardımcısıdır.
Yalnız mı kaldın? Kimsem yok diye düşünme.
Çünkü Allah sevdiği kullarının yanındadır.
Yaralandın mı? Bir daha düzelemem diye düşünme.
Çünkü Allah şifa verenlerin en hayırlısıdır.

Ne yaşarsan yaşa asla umudunu kaybetme.
Çünkü Allah her zaman seninle

Sizler Akıllı Değilsiniz, Bizler İyi Niyetliyiz

Bir konuya açıklık getirmek istiyorum; iyi insanların kolay kandırılmalarının sebebi saf olmaları değil, "Ya doğru söylüyorsa?" seçeneğinin vicdanlarına uyguladığı baskılardır. Sizin aptal yerine koymaya çalıştığınız o insanlar, muhtaç olma ihtimalinizi es geçmeyecek kadar merhametli insanlar oldukları için ne kaybedeceklerini düşünmeden sizi o durumdan kurtarmaya çalışıyorlardır. Zaten siz bunu anlayabilseniz iyiliğin ne kadar güzel bir şey olduğunu da anlamış olurdunuz. Ama bir gün düştüğünüzde, etrafınızda biriktirdiğiniz kötü insanlar size sırtını döndüğünde, sizi kurtaracak kişinin bir zamanlar aptal yerine koyduğunuz insanlar olduğunu göreceksiniz.

Anlamayacağınızı biliyorum ama yine de söylemek istiyorum; sizler akıllı değilsiniz, bizler iyi niyetliyiz. Yani siz bizi kandırmıyorsunuz, biz iyilik yapmayı seçiyoruz. Üstelik siz menfaatlenin diye değil, Allah emretti diye! Ama siz Allah'ın emrini kendi çıkarlarınız için kullanmaktan çekinmiyorsanız, Allah'ın kurallarını kendi yalanlarınıza ortak etmeye çalışıyorsanız, bilin ki biz alacağımız hayır ve sevaplardan hiçbir şey kaybetmeyiz ama siz bunların hesabını çok ağır bir şekilde verirsiniz. Ve işte o zaman bizleri mi yoksa kendinizi mi kandırdığınızı göreceksiniz! Hani bizi saf yerine koymaya çalışıyorsunuz ya; Eğer bizler saf insanlarsak, sizler de bizim başımızın gözümüzün sadakalarısınız. Ee ne diyelim, Allah kabul etsin!

İyi olmak bize Allah'ın bir lütfu,
kötü olmak ise şeytanın en büyük kazığıdır.

Müthiş Bir Cevap

Bir gün Hz. Mevlânâ'ya felsefe ile meşgul olan bir grup insan geldi. İmanla ilgili konularda soruları vardı. Mevlânâ bu felsefecileri Hz. Şems-i Tebrizî'ye gönderdi. Felsefeciler Şems'e geldiklerinde, o, talebelerine bir kerpiç üzerine nasıl teyemmüm edileceğini gösteriyordu. Gelenlerden biri, en çok takıldıkları üç soruyu peş peşe sıralayıverdi; "Allah var dersiniz ama görünmez, gösteremezsiniz; hadi gösterin de inanalım!", "Şeytanın ateşten yaratıldığını söylersiniz, sonra da cehennemde ateşle ceza verilecek dersiniz. Ateşten yaratılmış şeytana, ateş acı verebilir mi?", "Ahirette herkes hakkını alacak, yaptıklarının karşılığını görecek diyorsunuz. Rahat bırakın şu insanları istediklerini yapsınlar."

Sorular biter bitmez Şems, "Cevap mı istiyorsun?" diye sordu. Evet cevabını alınca, elindeki kerpici soruları soran felsefecinin kafasına vurdu. Felsefeci bunun üzerine hemen kadıya gitti ve Şems'ten şikâyetçi oldu. Kadıya "Ben soru sordum, o bana kerpiçle vurdu." Şems-i Tebrizî de kendini savundu; "O bana sordu, ben de cevabını verdim." Kadı bu işi açıklamasını isteyince de şu açıklamayı yaptı; "Efendim bu adam, 'Bana Allahuteala'yı göster.' dedi. Ben de elimdeki kerpici kafasına vurarak sorusunu açıkladım. Şimdi başının ağrıdığını söylüyor. Bana başının ağrısını gösterebilir mi?" Adam şaşırdı ve, "Ağrı gösterilir mi? Ancak hissedilir." dedi. Şems de; "İşte nasıl var olan ağrı gösterilemezse, Allah da vardır ama gözle görülemez demek istedim." Şems savunmasına şöyle devam etti; "Bu adamın ikinci sorusu, ateşten yaratılmış olan şeytanın ateşle nasıl cezalandırılacağı idi. Ben bunu açıklamak için de başına topraktan yapılmış bir kerpiç ile vurdum. Başı acıdı, ağırdı. Oysaki kerpicinde kendisi gibi asıl maddesi topraktır. Nasıl toprak toprağa acı verebiliyorsa, ateşte ateşten yapılmış şeytana azap edecektir. Üçüncü sorusu da 'Bırakın insanları, isteyen istediğini yapsın; niçin ahirette yapılanların karşılığı verilecek, diye korkutuyorsunuz?' şeklindeydi. Ben de ona canımın istediğini yaptım. Ama bundan hoşlanmadı ve beni size şikâyet etti." Felsefeciler bu açıklamalar karşısında ne söyleyeceklerini bilmediler ve çok mahcup oldular.

Siz siz olun; iyi bilmediğiniz konularla ilgili kesin hükümler vermeyin. Hele ki Allah ile ilgili konularda çok daha fazla dikkatli olun. Bilmeden çok büyük günahlara girebilir ve hayatınızı heba edebilirsiniz.

Bugün hayatımızda Şems-i Tebrizî gibi, Mevlânâ Hazretleri gibi derin adamlar yok. Bu sebeple etrafımız bilgi kirlilikleriyle dolu. Size tavsiyem; Allah ile ilgili ya da din ve maneviyatla ilgili yeni bir şey duyduğunuzda, bunu iyice araştırmadan doğru kabul etmeyin. Eski evliyalarımızın kitaplarını mutlaka okuyun ve oralardan bilgiler edinin. Bu size hem doğruyu gösterecek hem de yeni şeyler öğrenmenize olanak sağlayacaktır.

Her şeyin bir sorusu var, bilene.
Her şeyin bir cevabı var, anlamak isteyene...

İbret Almayı Bilen Daha Huzurlu Yaşar

Eğer hayal kırıklığı yaşamak istemiyorsan; Allah aşkıyla yanmayan kalpten, haramdan sakınmayan gözden, kontrol altında tutulamayan nefisten ve hata yaptığında kızarmayan yüzden hayır bekleme.

Eğer üzülmek istemiyorsan; günaha bakıp ondan korkmayandan, karşısındakini insan yerine koymayandan, kötü şeyler yaşayıp ders almayandan ve kendine bile hayrı olmayandan bir şey isteme.

Eğer sinirlenmek istemiyorsan; Konuştuğunu ölçüp tartmayanla, büyüklerine saygı yapmayanla, dostlarına tepeden bakanla ve sürekli yalana sarılanla diyaloglara girme.

Eğer ibret almak istiyorsan; Saçı sakalı beyazlayanlarla, huzur evinde kalanlarla, yoğun bakımda yatanlarla ve sokakta bir başına yaşayanlarla git bir sohbet eyle.

Eğer Allah'ı hatırlamak istiyorsan; Ufak bir zerreden doğanları, derin uykuya dalanları, mezarlıkta yatan mevtaları hatta bulutları, denizleri ve dağları dikkatlice izle. Hayatın sırrını çözmek için bilim insanı olmaya gerek yok. Bırakman gerekenleri ve elinde tutman gerekenleri iyi bilirsen, gördüklerinden ve yaşadıklarından ibret alabilirsen, hayat sana daha yumuşak ve daha huzurlu yüzünü gösterecektir.

Vazgeçmek mi Yoksa Tekrar Denemek mi?

Bak güzel insan; hayatta her şeyi başaracaksın diye bir kaide yok. Bazen kaybedeceksin, bazen elde edemeyeceksin, bazen de üzüleceksin. Ama sonunda mutlu olmak istiyorsan, hayatın sana sunduğu seçeneklerde ki o ince çizgileri göreceksin. Her ne olursa olsun başaracağına inanıyorsan, denemekten vazgeçmemelisin. Ama başaramayacağını biliyorsan vazgeçip, şansını ya da nasibini başka yerlerde deneyeceksin. Allah öyle güzel bir düzen kurmuş ki bizler çabuk vazgeçmeyelim ya da bir şeylerin peşinde körü körüne ömrümüzü tüketmeyelim diye onların benzerlerini ve muadillerini de yaratmış. Mesela bir iş kolunda başarılı olamazsan, başka bir iş kolunda şansını deneyebilirsin. Ya da bir insanla birliktelik yaşayıp onunla mutlu olamazsan, bunu başka bir insanla da deneyebilirsin.

Unutma; kazanmak bazen vazgeçmektedir, bazen tekrar denemektedir. Asıl önemli olan, o an hangisini seçmen gerektiğidir. Peki, vazgeçmek mi yoksa tekrar denemek mi, buna nasıl karar vereceğiz? Bunun için sana üç madde sunacağım:

1. Neden olmadı? İstediğin ve uğraş verdiğin şeyin olmama sebebi senden ya da istediğin şeyden kaynaklanmayıp, üçüncü şahısların engellemeleri nedeniyle olmuyorsa vazgeçme, tekrar dene. Çünkü istediğini belli edip, bunun için mücadele verdiğinde üçüncü şahısları ikna edebilir, yıldırabilir ya da pes ettirebilirsin. Ve üstelik başardığında da elde ettiklerin seni mutlu edecek şeyler olacaktır. Ancak istediğin şeyin olmama sebebi senden ya da istediğin şeyden kaynaklı bir kusur ya da eksiklik nedeniyle olmuyorsa, ondan vazgeçmelisin. Çünkü tekrar deneyip başarsan bile o kusur hayatınız boyunca sizinle beraber olacak ve neticesinde sürekli problemler çıkacaktır.

2. Gelecekte sana neler getirebileceği; en dikkat etmen gereken seçenek budur. Çünkü bu, seçimi en riskli olanıdır. Başarmak ya da

elde etmek istediğin şey o an hayallerinle örtüşüyor olsa dahi; Sana tam anlamıyla güven vermiyorsa, bugün iyi, hoş, güzel ama gelecekte değişecekmiş gibi görünüyorsa ya da seni ileride zor durumda bırakacağını düşünüyorsan, vazgeçmek daha mantıklı bir seçenek olacaktır. Çünkü hayat sadece bugünden ibaret değil. Geleceğini de düşünmek zorundasın. Bir yolunu buluruz diye o an kendini avutmak kadar, ya bir yolunu bulamazsak seçeneğini de düşünmek sana daha doğru bir tercih yaptıracaktır. Unutma ki, belirsizliğin peşinde sürüklenmek yerine, daha kolay seçenekleri seçmek, sana başarı ya da mutluluğu daha çabuk ve daha kalıcı bir hale getirecektir.

3. Senin onu istediği kadar, o da seni istiyor mu? Bu genelde daha duygusal insanların yanlışı seçtiği bir seçenektir. Çünkü mantıkla değil kalple seçilir ve genelde de kaybedilir. Kavga, tartışma ya da inatlaşma nedeniyle bir ayrılık söz konusu olduğunda; onun seni sevdiğine ve bu problemlerin aşılabileceğine inanıyorsan, vazgeçme derim. Ancak sen onu çok istediğin hâlde o yanında olmuyorsa, problemleri düzeltmek ya da çözebilmek için senin kadar mücadele etmiyorsa; o seni, senin onu sevdiğin kadar sevmiyor demektir. Böyle bir durumda ısrarcı olmak, kendine ve hatta geleceğine zarar vermekten başka bir şey değildir. Şöyle de yapabilirsin; kendi mücadelelerine bakıp onun ne kadar mücadele etmesi gerektiğini de görebilirsin.

Eğer ikinizin mücadeleleri aynı değilse vazgeçmelisin. Duygusallığı bir kenarı bırakıp kendin için en doğru olduğunu düşündüğün kararı vermelisin… Unutma, vazgeçmek ile tekrar denemek arasındaki fark, yaşadıklarınla yaşamak istediklerin arasındaki farktır. Sen sen ol, seçimini bu kritere göre yap.

Allah Seni Önemsemeseydi Kusursuz Yaratır mıydı?

Farkında mısın? Var olan her şey senin için yaratıldı. Gördüğün ve göremediğin tüm güzellikler ve nimetler senin için var. Sen varsın diye her sabah güneş doğuyor. Sen varsın diye toprak hayat buluyor. Sen varsın diye gül mis gibi kokuyor. Gökyüzü, ay, yıldızlar hepsi senin için var. Allah sana o kadar değer verdi ki, sadece yaratmakla kalmadı, bir de dünyada mutlu ve huzurlu yaşa diye her imkânı da sağladı. Sen güzel şeyler gör diye renkleri, güzel şeyler duy diye sesleri, kötülüklerden uzak durabil diye iyilikleri yarattı. O kadar değerlisin ki; kendini yalnız hissetme diye sana bir eş verdi. Derdini rahatlıkla anlatabil diye konuşma yeteneği nasip etti. Ve bir şeye ihtiyaç duyduğunda onu Allah'tan isteyebil diye, sana dua etmek gibi büyük bir nimet bahşetti. Allah seni bu kadar önemsemiş, korumuş ve gözetlemiş, senin için her şeyi yoktan var etmiş, dünyada bir bir önüne sermiş. Yetmemiş, bir de senin için cenneti süslemiş. Sen hâlâ umut yok mu diyorsun? Yapma, umutsuz olma! Senin için bu kadar çok şey yaratan Allah, günü geldiğinde mutluluğun için sebepler de yaratacaktır. Seni bu kadar koruyan ve gözeten Allah, elbet bir gün sorunlarını da çözüme kavuşturacaktır. Ve sana bu kadar değer veren ve önemseyen Allah, en yakın zamanda kalbine layık bir nasip ile de karşılaştıracaktır.

Kadın Kimdir? Erkek Kimdir?

Kadın iyi bir gözlemcidir. Kadın seni izler, dinler, gözler. Sana dikkat kesilerek fikirlerini ve isteklerini anlamaya çalışır. Sen o an senden etkilendiğini zannedersin. Ama o senin karakterine not vermeye çalışıyordur, anlayamazsın. Kadınlar gözlemlerinde kolay kolay yanılmazlar. Çünkü karşılarındaki insanı görünüşleriyle değil iç dünyalarıyla, duruşlarıyla değil düşünceleriyle, bakışlarıyla değil bakış açılarıyla, varlıklarıyla değil davranışlarıyla gözlemler, değerlendirir ve notlarını verirler. Eğer adamın aldığı not geçerli bir notsa, sınavı geçmiş ve kalbinden içeri girmeye hak kazanmıştır. Eğer sınavı geçememişse sınıfta kalmış ve o kalp o adama sonsuza kadar kapanmıştır.

Kadın Tamamlayıcıdır

Bazen derin bir nefes, bazen tatlı bir söz, bazen derdine çare, bazen de hayatında güçlü bir denge... Kadın bir erkeğin eksikliğini hissettiği her şeye sahiptir. Eğer bir adam bir kadını dürüst sevebilirse, nefsini bulaştırmadan kalbinde taşımayı başarabilirse, o kadın o adamı hiçbir şeyden eksik bırakmaz. Kadınların en güzel özelliklerinden bir tanesi tamamlayıcı olmalarıdır. Sevdikleri insanların hiçbir şeyden mahrum kalmalarını istemezler. Sevdikleri mutlu olsun diye eksikliklerini tamamlayabilmek için sürekli mücadele ederler. Bu yüzdendir ki onu seven bir kadına sahip olabilen bir erkek hayattaki her şeye sahip olmuş demektir.

Kadın Gökyüzüdür

Kadın mutlu olduğunda gökyüzü kadar mavi, gülümsediğinde yıldızlar kadar berrak ve sevdiğinde güneş kadar parlaktır. Eğer seni kalbine kabul ettiyse mutluluktan uçurup gökyüzüne çıkarabilir. Eğer sana inanmışsa gökyüzünden düşen yağmur damlaları gibi dünyanı bereketlendirir. Eğer sana güvenmişse gökyüzünde süzülen kuşlar gibi dünyanı hareketlendirir. Ve eğer seni gerçekten sevmişse gökkuşağının halkaları gibi dünyanı renklendirebilir. Ancak tüm bunlara rağmen bir gün şımardığında ya da herhangi bir yanlışını yakaladığında seni oradan aşağı atmaya hatta yerin dibine de sokmaya tereddüt etmez. Bu yüzden bir kadını ya dürüst sev ya da uçmayı öğren!

Kadın Cennettir

Her kadın bir gün seveceği adam için kalbinde günahtan uzak tutulmuş bir cennet taşır. O cenneti sadece sevdiği adam için saklar ve ondan başka hiç kimsenin oraya ulaşmasına izin vermez. Yaşadığı her gün cennetini onun için süsler ve sabırla onun geleceği günü bekler. O gün geldiğinde o adamı gördüğünde, vicdan ve sadakatinin varlığını hissettiğinde, günaha girmeden sevebilen bir adam olduğuna karar verdiğinde; onu kollarına saracak, gönlüne efendi yapacak ve cennetinin en güzel köşklerinde ağırlayacaktır. Eğer siz de bir kadının cennetine girmek istiyorsanız; vicdan ve sadakatinizin ağırlığı, çıkar ve menfaatlerinizden çok daha fazla olmalıdır…

Kadın Kimine İmkânsız, Kimine Kuralsızdır

Kadın aklı çıplak bir adama imkânsız, kalbi çıplak bir adama ise kuralsızdır. Gerçekten sade, temiz ve şeffaf bir kalp tarafından sevildiğine inanıyorsa kurallarını da, duvarlarını da kaldırır. Ama karşısında nefsi görünecek kadar aklı çıplak bir adam varsa, o duvarları yıkmak imkânsızdır. Bu sebeple bir kadınla güzel ve mutlu bir ömür geçirmek isteyen, kalbini açmayı, nefsini örtmeyi bilmek zorundadır. Unutma, kadının kurallarına uyarsan, sevmediği şeylere saygı duyarsan senin için imkânsız diye bir şey kalmayacaktır.

Erkek, Kıymet Bilen İçin Candır

Her erkek kıymetinin bilinmesini ister. Çünkü bu erkeklerin hoşuna gider. Ona verdiği değerin ve onun için yaptığı her türlü mücadelenin anlaşılmasını ve kendisine bunların bilinciyle yaklaşılmasını ister. Bir adamın kıymetini bilen bir kadın için yapamayacağı şey yoktur. Yeter ki o kadın o adamın kıymetini anlasın ve ona tepeden bakmasın. Dünyada ki en değerli aşk bir adamın bir kadına duyduğu aşktır. Çünkü hem nadir bulunur hem de gerçekten seven adamın sevdiği kadın için alamayacağı risk, çekemeyeceği bir sıkıntı yoktur. Bu yüzden bir adam tarafından seviliyorsanız kıymetini bilin ve onu öyle kolay üzmeyin…

Erkek Mutluluğun Anahtarıdır

Mutluluk bir kapı olsaydı anahtarları kesinlikle erkeğin ellerinde olurdu. Ve o kapıyı sadece ona huzur veren bir kadın için açarlardı. Erkekler mutlu olmaktan çok mutlu etmeyi severler. Çünkü onların ihtiyaç duydukları şey mutluluk değil huzurdur. İş hayatındaki ciddi ve stresli ortamlardan ve üzerine yüklenen ağır sorumluluklardan bunaldığında, sevdiği kadının dizlerine yatmak ve gün içerisinde yaşadığı stresleri unutup yanında huzur bulmak ister. Bir erkek huzur bulduğu kadın için hayatını adamaktan tereddüt etmez. Eğer mutlu olmak istiyorsanız erkeğinize huzur verin. Çünkü bir erkeğe ne kadar huzur verirseniz, sizi o kadar çok mutlu edecektir.

Erkek İçin Sevgi Sonsuzluktur

Erkekler için sevginin ortası yoktur. Ya hiç sevmez karşısındakini ya da sevgisi sonsuzdur. Erkekler zor sever ama sevdi mi de tam sever. Eğer bir adamın sınavından geçebilirsen seni sonsuza dek sahiplenmekten ve hiç bıkmadan sevmekten asla vazgeçmeyecektir. Çünkü erkek bir kadını sevdiğinde ona kalbiyle beraber ruhunu da sunar ve sadece dünyada değil aynı zamanda sonsuzlukta da onunla beraber olabilmek için yaşar. Siz siz olun; aşka kıymet vermiş bir adam bulduysanız onu asla kaybetmeyin. Çünkü sizi iki dünyada da mutlu edebilecek tek insan o olacaktır.

Her Erkek Aynı Değildir

Bazı erkekler duygularını belli edemez. Sever, ilgi gösterir ama bunları hissettiremez. İçinde kadınına karşı aşk ve bağlılık vardır. Ama bunu göstermeyi beceremez. Kadın ise ispatçıdır. Sürekli olarak erkeğin sevgisini ispat etmesini ister. Şüphelerinin ortadan kalkması ve kafasının rahatlaması için erkeğine sevgisini ispat etmesi için baskı oluşturmaya başlar. Aslında bunun nedeni erkeklerin genelde kadınları kullanmaya çalışmaları ve aşk adı altında onlardan faydalanmalarıdır. Erkek, hemcinslerinin kadınlara olumsuz davranışları ve yanlış yaklaşımlarının cezalarını çektiği için, ekstra çaba sarf etmek ve kendisinin onlar gibi olmadığını ispat etmek zorunda kalır. Tabii bu da zamanla erkeğin yorulmasına ve yıpranmasına neden olur.

Unutmayın, her erkek aynı değildir. Çıkar ve menfaatlerinin kölesi olmuş erkekler kadar, bir kadını sevecek ve ona sahip çıkacak erkekler de var. Yalanı ve sahteliği kendine ilke edinmiş erkekler kadar, doğruluktan ve dürüstlükten şaşmayan adam gibi adamlar da var. Eğer rahat ve mutlu bir ilişki yaşamak istiyorsanız, her erkeği aynı zannetmeyin. Ve onları hisleriyle değil karakterleriyle değerlendirin.

İyilik İçin Çalış ki Ömrün Hep Güzel Geçsin

Hiç kimseyi küçük görme. Hiç kimse ile onu üzecek ya da ona zarar verecek derecede dalga geçme. İnsanlar seni dinliyorlarsa onlarla sohbet et. Ama seni küçümsemeye çalışıyorlarsa onların yanına gitme. Senden bir şey isteyene sakın büyüklük taslama. İnsanların yokluklarına bakıp onlara hava atma. Mütevazılığından ödün verme ki herkesin eşit olduğu bir güne uyandırıldığında yaptıkların için ayıplanma.

Hiçbir şey için sevdiklerini satma. Dünyalık menfaatler için karakterini bozma. Seni seven ve sana ilgi gösteren insanlara karşı şımarık olma. Unutma ki yaşam çok hassas bir dengedir. Hayat seni şımartıyorsa kader mutlaka kendine getirecektir! Asla kötü niyetli olma. Çünkü kötü niyet bir gün mutlaka sahibini vurur. Hayat bu belli mi olur? Bugün kötülediklerin yarın gelir seni bulur. Sen kendini kurtarmak için iyiliklere sarıl. Çünkü onlar seni sonsuza dek her şeyden korur.

Nereye varacağını kestiremediğin işlerde kalbinin sesini dinle ama aklından da yardım iste. Neyi seçeceğini bilmediğin şeylerde cesaretini ortaya koy ama bir bilene de sor. Kimseyle boş yere inatlaşma. Kimseyle körü körüne tartışma. Ama gördüğün yanlışları düzeltmekten ve doğru olan şeyleri kabullenmekten de korkma.

Allah'ın büyüklüğünü kabullen ki nefsin sana itaat etsin. İyilik için çalış ki ömrün hep güzel geçsin. Edepten ayrılma ey insanoğlu! Gözün dışarıda olmasın ki kalbindekiler sana bir ömür yetsin.

Sakın büyük konuşma. Başkasının günahını ayıplayan, o günaha girmeden ölmez. Unutma ki, insanoğlu asla yapmam dediklerini yapmasıyla ve tükürdüklerini yalamasıyla meşhurdur.

Pes Etme!

Sakın vazgeçme! Seni mutsuzluğa mahkûm edenlerin, mahkûm oldukları acıları göreceğin günler gelecek. O günler için yaşamaya devam et. Bugün sana sırtını dönenlerin, yarın öbür gün seni kaybettikleri için nasıl da pişman olduklarını ve nasıl da sana yaklaşmaya çalıştıklarını göreceksin. O günleri görebilmek için mücadele etmeye devam et.

Hayatını çalanların, hayatlarının mahvolduğunu ve seni kandırmaya çalışanların nasıl da perişan bir hâle geldikleri günleri göreceksin. O günler için hayata tutunmaya devam et. Döktüğün gözyaşları ağırlığınca mutluluğa boyanacağın günler gelecek. O mutluluklar gelene dek, Allah'a dua etmeye devam et. Allah'a emanet ettiğin hayallerini bir bir karşında göreceğin günler yaşayacaksın. O günler hatırına pes etme.

Seni üzenlerden ve hakkına girenlerden, hakkının söke söke alınacağı günleri göreceksin. O günler için Rabb'ine güvenmeye devam et. Ve iyi ki Rabb'ime güvenmişim diyeceğin günler yaşayacaksın. O günleri yaşamak için sabret!

Bana ne kadar inanıyorsun bilmiyorum ama bunların hepsini bir gün göreceksin. Ve o gün seni uçurumun kenarından döndürdüğü için Allah'a şükredeceksin. Çok az kaldı. Biraz daha sabret!

Seni Geçmişinle Beraber Sevebileni Sev!

Her insan geçmişinde ufak ya da büyük hatalar yapmıştır. Aşkın verdiği o büyülü heyecandan, kariyer yapmanın verdiği o devasa hırstan ya da kardeşler arasındaki mal mülk sevdasından... Ancak bugün için önemli olan bunlardan ne kadar pişmanlık duyduğu ve geri dönebilse hangisini yapmaktan vazgeçeceğidir.

Eğer bir insan kendi geçmişindeki hataları gizleyip senin geçmişine takılıyorsa ya da kendi yaşattıklarını unutup senin yaşadıklarını sorun yapıyorsa, o insan geçmişinden ders almamış ve yaptığı hatalardan pişmanlık duymamış demektir. Ve tabii senin geçmişini de, geçmişinden getirdiklerini de kabul etmeyecektir. Çünkü o her şeyi başkalarına yüklemeye alışmış ve vicdanını büyütemediği için kendince her şeyi dört dörtlük yaşamıştır. Eğer böyle bir insanla berabersen ondan vazgeçmelisin. Çünkü o, sana hiçbir zaman huzur vermeyecektir. Zira öyledir, kaderini kabul etmeyen, kalbini ve seni de kabul etmeyecektir.

Seni geçmişinden ötürü dışlamak isteyenler olacaktır. Onlara de ki: "Ben Allah'ın bana razı geldiği şeyleri başımın üzerinde taşımaktan şeref duyarım. Peki, siz benim geçmişimi geleceğinizde yaşarsanız ne yapacaksınız?" Unutma, geçmiş senin kaderindi ve hiçbir kuvvet bunu değiştiremezdi. Allah öyle nasip ettiyse demek ki yaşanması gerekliydi. Bu sebeple sen sen ol, geçmişini kabul etmeyeni ya da geçmişine silgi çekmek isteyeni değil, seni geçmişinle beraber sevebileni sev.

İnsanları geçmişlerinden ötürü yargılamayın.
Zira kaderin size nasıl bir gelecek yazdığını bilmiyorsunuz.

Neden Yalnızsın Biliyor musun?

Sana neden yalnız olduğunu söyleyeyim; yalnızsın çünkü dürüst bir insansın. Yalan söylemiyorsun, sahtelikten hoşlanmıyorsun, birilerinin arkasından iş çevirmiyorsun, edebinden ve kalitenden taviz vermiyorsun. Yalnızsın çünkü temiz bir insansın. Dedikodu yapmıyorsun, kötülüğü sevmiyorsun, sana haksızlık yapanlardan uzaklaşıyorsun, kimseden medet ummuyorsun.

Yalnızsın çünkü vicdanlı bir insansın. Günahtan korkuyorsun, şeytana uymuyorsun, kimsenin hakkına girmiyorsun, mert olmaktan vazgeçemiyorsun. Yalnızsın çünkü karakterli bir insansın. Aldatmak nedir bilmiyorsun, insanları birbirlerine düşürmüyorsun, kimseye tuzak kurmuyorsun, kimseyi güveninden vurmuyorsun.

Yalnızsın çünkü anlaşılamıyorsun, dışlanıyorsun, yadırganıyorsun. Peki, neden biliyor musun? Çünkü sen "insan" gibi yaşıyorsun...

Yalnızlık iyidir.
En azından kimseye güvenmek zorunda kalmazsın.

Merhaba Güzel Kadın Sana Bir Kaç Tavsiyem Var

Merhaba güzel kadın... Sana birkaç tavsiyem var. Sakın haddinden fazla sevme. Çünkü sevilmeye layık olmayan insanlar bunu sana karşı silah olarak kullanacaklar. Seni duygularından yakalayıp, seni oyalayacak, senden faydalanacak ve seni yaralayıp kaçacaklar. Asla kendini kendi sevginle tüketme. Seveceksen seni baş tacı edecek bir insanı sev. Sana sürekli bahane üretenleri ya da seni sevdiğine pişman edenleri değil... Seni mutsuzluğa mahkûm edenleri kolay affetme. Kadınsın sen! Merhamet senin genlerinde var. Dikkat et, affedilmeye layık olmayan çıkarcılar bunu kullanmak isteyecekler. Hatalarını ve yalanlarını senin merhametine gizleyip hiçbir şey olmamış gibi yaşamına devam etmeni bekleyecekler. Onları öyle kolay affetme.

Karşındaki insanların seni cinsel obje olarak görmelerine izin verme. Aşk adı altında senden ve bedeninden sebeplenmek isteyecekler, oyuna gelme. Tertemiz duygularını kendi nefislerinin pislikleriyle kirletmelerine müsaade etme. Kalbine dokunabilen insanları sev. Tenine dokunmak isteyenleri değil.

Vazgeçmeyi öğren! Çünkü kadınların çok sevdiklerini ve kolay vazgeçemediklerini bilen insanlar bundan faydalanmak isterler. Senin aşka olan bağlılığını ve kaybetme korkularını elinde koz tutarak, duygularına yenik düşene dek sana karşı koz olarak kullanmaktan çekinmezler. Çünkü onlar için aşk, itaat etmeni beklemek ve senden sebeplenmekten başka bir şey değildir. Sen sen ol, buna asla izin verme. Aşkından ölsen de onları affetme ve onlara geri dönme.

Kalbinle yaşamaktan ve duygularınla hareket etmekten vazgeç. Karşındaki insanı ne kadar seversen sev, aklığınla ve mantığınla karar ver. Çünkü duygularına sahip olmuş bir insan, seni tamamen ele geçirmiş ve sana istediği her şeyi yaptırabilecek bir seviyeye gelmiştir. Ona bu kadar kolay fırsat verme.

Zor bir kadın ol! Öyle yollar çiz ki kendine, ancak ve ancak yanına gelmek isteyenler bu yollara girmeyi göze alabilsin. Ve öyle bir kararlı ol ki, gelen ya senin kurallarına veya sınırlarına itaat etsin ya da kolayı seçip arkasını dönüp gitsin...

Unutma, sevmek, geçmişinle, geleceğinle, her şeyinle sevmektir. Seni sevdiğini söyleyen bir insan, bunları sahiplenemiyorsa yalan söylüyor demektir. Sen sen ol; kalbinle aklını karıştırma. Ve yanlış bir insanı sevip de, gerçek hayatına yalan bulaştırma.

Seven bir kadının kalbi dünyanın en güzel yeridir.
Hatta seven bir kadının kalbinden daha güzel tek bir yer vardır, orası da cennettir.

Acıya Değil Yaratıcıya Teslim Ol

Acı insanın içindeki kötülükleri temizlemek içindir. Ciğerini yakar ki sana layık olmayan şeyleri yok edebilsin. Nefesini keser ki insan kendine gelip yaratıcıyı hatırlayabilsin. Gerçekleri yüzüne vurur ki insan eksikliklerini görüp onları tamamlayabilsin. Kalbine batan o tarifsiz sızı ise senin en büyük imtihanlarındandır. Eğer kalbine Allah sevgisini tam anlamıyla yerleştirebilirsen, kalbindeki sızı Allah sevgisi karşısında dağılıp gidecektir. Eğer yüreğini şartsız ve şüphesiz bir şekilde Allah'a teslim edebilirsen, bu teslimiyet kalbini her türlü karamsarlıklardan temizleyecektir. Unutma, hiçbir acı Allah'ın sevgisine karşı galip gelemez. Çünkü kalpler yalnızca Allah'ın elindedir.

İmtihan güzeldir. Allah seni acıyla denerken aynı zamanda doğru yolu bulabilmen için işaretler de gönderir. Nelerden uzaklaşman gerektiğini ve nelere yakınlaşman gerektiğini, nerelerde hata yaptığını ve nasıl düzeltmen gerektiğini sana bir bir gösterir.

Sabırlı ol! Nasıl ki bir doktor yaralarını temizlerken canın acıyorsa, Allah da yarınlarını temizlerken elbet canın acıyacaktır. Nasıl ileri dönük yaptığın yatırımlar seni anlık sıkıntılara düşürebiliyorsa, kaderine yaptığın yatırımlar da sana sıkıntı yaşatacaktır. İmtihan bu ya, belki de canın biraz fazla yanacaktır. Ama Allah mutlaka doğru yolu bulman için sana yardımcı olacaktır. Öyleyse Allah için sabret.

Acı senin misafirindir.
İyi ağırlarsan bir daha gelmez.

Onların Ceza Çekmesi mi? Yoksa Senin Mutlu Olman mı?

Allah adildir. Bir insana haksızlık yapılmışsa, merhameti ve iyi niyeti kullanılmışsa, kötü emel ve çıkarlar yüzünden canı yakılmışsa Allah o insana karşılık olarak kabul edeceği bir dua hakkı verir. Ve o insan ne isterse istesin, o an o duası kabul edilir.

Eğer sen de aldatıldıysan, kandırıldıysan haksızlığa uğratıldıysan ya da hak etmediğin muamelelere maruz kaldıysan, senin de Allah katında kabul olunacak bir dua hakkın var demektir.

Şimdi sana tavsiyem, bu duaya karşılık olarak seni haksızlığa uğratanların ceza çekmesini istemek yerine, kendi geleceğin için mutluluklar iste. Çünkü onların yaşacağı hiçbir cezanın bundan sonra sana yararı ya da zararı olmayacaktır. Diyelim ki bu duanı onların ceza çekmesi için istedin. Allah da bu isteğine karşılık onları yerle bir etti, süründürdü, en kötü cezalara çarptırdı. Bu, hayatında neleri değiştirecek?

Yaşadıklarını yok edebilecek mi? Acılarını dindirmeye yetecek mi? Ya da kaybettiklerini sana geri verebilecek mi? Ben yaşamış bir insan olarak sana cevabını vereyim mi? "Hiçbir şey değiştirmeyecek." Onlara ne olursa olsun senin hayatını etkilemeyecek. Belki anlık bir ferahlama yaşadığını hissedeceksin. Ama inan bana o da çok çabuk bir şekilde geçip gidecek. Ve sen yine acı ve üzüntülerinle baş başa kalacaksın.

Ancak bu duanı kendi geleceğin, mutluluğun ve huzurun için istersen, Allah da yaşadıklarına karşılık olarak, acılarını dindirecek, geleceğini düzeltecek, seni her şeyinle sevecek ve seni her zaman mutlu edecek hayırlı bir kısmet gönderecektir. Üstelik zamanla mutlu olmaya başladığında, bu seni geçmişinde yaşadığın travma ve olumsuzluklardan kurtarmaya başlayacaktır. Yani duanı kendin için kullanırsan, hem geçmişini hem de geleceğini düzeltmiş olacaksın.

Şimdi derin bir nefes al, hırsını ve öfkeni bir kenara bırak, düşünmeye başla. Sence hangisi daha güzel? Onların ceza çektiklerini görmek mi? Yoksa gelecekte senin çok mutlu bir hayat yaşaman mı? Unutma, Allah'tan ne istersen Allah sana onu verecektir. Bu yüzden sana haksızlık yapanlara ceza istemek yerine, kendin için güzel bir gelecek iste. Yaşadıklarının kolay şeyler olmadığını ve onların sana yaptıkları karşılığında ceza çekmelerini istediğini biliyorum. Ama sen de şunu bil, onlar cezalandırılmayı hak ediyorlarsa, sen de mutlu olmayı hak ediyorsun. Sen iyi olmaktan vazgeçme, kendin için dua et ve bekle. Allah onlara da, sana da hak ettiklerinizi verecektir.

Eğer bundan sonraki hayatında haksızlığa uğramak istemiyorsan hakkını Allah'a emanet et ve de ki: "Allah'ım hakkımı sana emanet ediyorum. Sen beni haksızlığa uğratmak isteyenlerden koru." Unutma, hakkını Allah'a emanet edeni, hiç kimse haksızlığa uğratamaz.

İnsanın Gözünü Ancak Toprak Doyurur

Uzun zamandır çocuğu olmayan bir kral, eşinin hamile olduğunu öğrenince o kadar çok sevinir ki; "Karşıma çıkan ilk insanı zengin edeceğim." diyerek saraydan dışarı çıkar ve muhafızlarıyla beraber yola koyulur. Belli bir süre gittikten sonra deniz kenarında bir adamın balık tuttuğunu görür. Muhafızlarına adamı yanına çağırmalarını emreder. Ancak muhafızların komutanı krala, adamı tanıdığını, gururlu bir adam olduğunu ve bu yardımı kabul etmeyeceğini söyler. Bunun üzerine kral: "O zaman bu adamın oltasına ne takılırsa onun ağırlığınca altın verin." der ve saraya geri döner. Komutan adamın yanına gider, durumu anlatır ve onu oltasına takılacak her ne olursa olsun ağırlığınca altın almaya ikna eder.

Adam biraz sonra oltasını çeker. Ucuna 150- 200 gramlık bir kemik parçası takılmıştır. Komutan kemik parçasını eline alır ve adamla beraber hazine odasına gider. Oradaki görevliye kralın emri ile kemik parçasını tartmasını ve ağırlığınca altını adama vermesini söyler. Hazine görevlisi kemik parçasını alır terazinin bir kefesine koyar ve diğer kefeye altınları dökmeye başlar. Bir altın, iki altın, üç altın, dört, beş, on, yirmi… Kemik parçasının ağırlığından daha fazla altın döktüğü hâlde kemiğin bulunduğu kefe yerinden oynamamaktadır. Görevli şaşkın bir şeklide altın dökmeye devam eder. Otuz, kırk, elli, yüz… Kefe ağzına kadar altınla dolduğu hâlde diğer kefede ufak bir kıpırdama dahi yoktur. Görevli hemen komutanın yanına gider. Şaşkın ve korkmuş bir ifade ile durumu kendisine anlatır. Komutan terazideki altınların kemik parçasını dengeleyemediğini görünce, görevliye daha büyük bir terazi kullanmasını söyler. Saraydaki en büyük terazi getirilir ve tekrar denenir. Ancak 100 kg altına kadar çıktıkları hâlde kemiğin bulunduğu kefe yerinden oynamamaktadır. Bunun üzerine komutan kralın huzuruna gelir ve "Efendim emir verdiğiniz gibi adamın yanına gidip durumu anlattım. Adam bir müddet sonra oltasını çektiğinde ucuna bir kemik parçası takılmıştı. Kemiği tartmak ve karşılığını adama vermek için hazine odasına gittim. Ancak kemiğin karşısına ne kadar altın koyarsak koyalım ağırlığı bir türlü dengeleyemedik. 100 kg altına kadar çıktık ama kemik yerinden bile oynamadı. Kral duyduklarına inanamaz. Kemiği, altınları ve terazileri getirmelerini emreder. Bizzat kendi de deneyip sonucun değişmediğini görünce, bunda derin bir mana olmalı diye düşünür ve bir ulemaya danışmaya karar verir. Şehrin en derin âlimlerinden birinin yanına gider ve durumu anlatır.

Âlim zat kemiği eline alır incelemeye başlar. Belli bir süre inceledikten sonra dışarı çıkar ve terazinin getirilmesini ister. Terazi geldikten sonra kemiği bir kefeye koyar, yerden bir avuç toprak alıp onu da terazinin diğer kefesine dökmeye başlar. Toprağı döktükçe kemiğin bulunduğu kefe yukarı doğru çıkarak teraziyi dengelemeye başlar. Bu durumu gören kral ve askerleri daha da çok şaşırırlar. Kral meraklı bakışlarla; Daha birkaç saat önce 100 kg altın bu kemiği yerinden oynatamamıştı. Nasıl oluyor da bir avuç toprak bu kemiği dengeleyebiliyor. "Efendi bu işin sırrı nedir?" diye âlim zata sorar. Âlim zat elindeki kemik parçasını işaret ederek: "Efendim bu kemik parçası bir insanın göz çukuruna aittir. Ne kadar verirseniz verin bir insanın gözünü altınla doyuramazsınız. Onu ancak bir avuç toprak doyurur."

Daha İyi Bir Dünya İçin

Seni tanımıyorum. Ama iyi kalpli bir insan olduğunu ve en güzel şeyleri hak ettiğini biliyorum. Değerinin bilinmediği bir dünyada yaşadığını, kalbindeki, zihnindeki ve hayallerindeki güzelliklere layık insanlar bulamadığını ve bu yüzden sürekli olarak çıkarcı insanlarla karşılaştığını biliyorum.

İnsanların neden bu kadar kötü kalpli olduklarına anlam veremiyorsun değil mi? Bir insanın bir insanı nasıl bu kadar kolay kandırabildiğine, onunla nasıl böyle acımasızca oynayabildiğine şaşırıyorsun değil mi? Neden, sevmek ve mutlu olmak kadar güzel duygular varken insanlar bunların sahtelerine bürünme gereği duyarlar ki? Düşünsene, sevmek kadar güzel bir şey var ve insanlar buna sahip olamıyorlar. Ne kötü...

İnsanları anlamaya çalıştığını ama kalbine kötülük değdiremediğin için bunu başaramadığını biliyorum. Mutluluk uğruna kalbinden kötülük geçiremediğini, menfaat uğruna insanları sömüremediğini ve her ne olursa olsun, insanlara zarar verecek şeyler yapmak istemediğini biliyorum. Bu kadar güzel bir iç dünyaya sahip olup bunu bu kadar kötüleşmiş bir dünyada yaşamaya çalışmak ne kadar zor değil mi? Yazık...

Hayatın boyunca kalbine denk bir insan aradığını ve bu insanı bu dünyada bir türlü bulamadığını biliyorum. Güzel günler yaşamak için hareket ettiğini, bunun için sürekli yeni yollar denediğini ama her seferinde önünün kesildiğini, en sonunda kendi yolunu da kaybettiğini ve artık hiçbir şeyin yolunda gitmediğini biliyorum.

Neden hiçbir şey yolunda gitmiyor biliyor musun? Çünkü sen bu dünyanın insanı değilsin. Onlar gibi yaşamıyorsun. Onlar gibi kötülük yapmıyorsun, haksızlıklara ortak olmuyorsun. Canın yansa da insanların canını yakamıyorsun. Bir kere sende Allah korkusu var. Diğer insanlar gibi kolay günaha giremiyorsun, vicdanını öldüremiyorsun, mazlumun ahını almaktan korkuyorsun. Birçok kişi yanlışın peşinden koşarken, doğru bildiklerinden ayrılmıyorsun.

Daha iyi bir dünya hak ettiğini biliyorum. Temiz insanların olduğu, iyiliğin hüküm sürdüğü, aşka kıymet verilen ve kalp kırmaktan çekinen insanlarla dolu bir dünya arzu ettiğini biliyorum. İyi insanların ağlatılmadığı sevenlerin birbirini aldatmadığı, kimsenin kimseyi kandırmadığı ve insanların onur ve şerefleri için yaşadıkları bir dünya hayal ettiğini biliyorum. Lakin tüm bunlara karşı elinden hiçbir şey gelmediğini, iyi şeyler düşünüp iyi şeyler hayal etmenin iyi bir sonuç vermediğini, artık oturup güzel şeyler için bir mucize beklediğini biliyorum.

Sana bir sır vereyim mi? Mücadele etmek, mucize beklemekten daha iyi sonuçlar verir. Bırak bu dünya onların olsun. Gel biz seninle daha iyi bir dünya için mücadele edelim. İyiliğin ve güzelliğin kazanması için, mutluluğun kalplere ulaşması için ve her şeyin yoluna girmesi için korkusuzca ilerleyelim. Evet, bugün sayımız az olabilir. Ama unutma ki Allah bizimle ve bu her şeyi değiştirebilir.

Peki, nasıl başarabiliriz? Dünyamızı nasıl değiştirebilir ya da nasıl daha iyi bir dünya kurabiliriz? Bunu cevaplamadan önce dünyamızın nasıl bu hâle geldiğinden kısaca bahsetmem gerekiyor. Bir zamanlar dünya iyiliklerle dolu bir yerdi. Her şey çok güzeldi. Herkes dürüst yaşar, temiz bakar ve güzel severdi. Her yerde iyilik hâkimdi. İnsanlar menfaat nedir bilmez, hiç çıkar gözetmeden birbirlerine yardım ederlerdi. Lakin zamanla çiçeklerin arasından çıkan yabani otlar gibi kötülükler türemeye başladı. İlk zamanlar azdı, insanlar bunu umursamazdı.

Ancak gitgide kötülükler büyüdü ve bir gün insanların boyunu aştı. Ve iyi insanların kalplerini birbirlerinden ayırmayı başardı. Kötülüğün bu kadar çok yayılmasının sebebi, kötü insanların kötü insanlara yardım etmesi, her koşulda birbirlerini desteklemesi ve yaşantılarının zamanla iyi insanlara cazip gelmesidir. İyiliğin bu kadar azalmasının sebebi, iyi insanların iyi insanlara yardım etmemesi, iyi kalabilmek için mücadele vermemesi ve kötü insanlara özenip onların peşlerinden gitmesidir.

Nasıl mı daha iyi bir dünya kurabiliriz? Eğer bizler iyi insanların ellerinden tutabilirsek, korkusuzca yanlarında durabilirsek ve daha güçlü bir ses ile hakkı ve haklıyı savunabilirsek kendi dünyamızı daha rahat şekillendirebiliriz. Eğer kendimize daha çok güvenebilirsek, bunu başarabileceğimize inanabilirsek ve başarmak için mücadele edebilirsek, yabani otları koparabilir ve gelecek nesiller için daha temiz bir dünya kurabiliriz.

Biliyorum, kolay değil! Daha iyi bir dünya için daha çok zahmet çekmek zorunda kalabiliriz. İnsanların daha mutlu yaşamaları için çok daha fazla yorulabiliriz. Bugüne kadar hak etmeyenler için neler yaptık, hak eden insanlar için de yapabiliriz. Senin için hiç kimse bir gelecek hazırlamamış olabilir. Ama sen kendin için güzel bir gelecek hazırlayabilirsin. Hiç kimse senin mutluluğun için çaba göstermemiş olabilir. Ama sen kendi mutluluğun için zemin hazırlamaya başlayabilirsin.

Unutma, her şey daha güzel bir dünyada yaşayabilmek için…

İnancın seni yanlışlardan kurtarır. Duaların seni doğru yola sevk eder. Kararlılığın o yolda ilerlemeni sağlar.
Ama sana daha iyi bir dünyanın kapılarını açacak olan şey, mücadelelerin olacaktır.
Ne olursa olsun mücadele etmekten vazgeçme.

Umudunu Hiç Kaybetme Olur mu?

Hayatının en güzel yıllarını hayırsız insanların ardından üzülerek geçirme. Değersizlere kıymet vereceğine kendi hayatına kıymet ver. Çünkü bir daha hiç kimse bugünlerini sana geri veremeyecek. Ve hiç kimse uğruna feda ettiklerini sana geri getirmeyecek. Her şeyi yaptığın hâlde yine de gitti mi? Boş ver giderse gitsin. Hiç üzülme, herkes onun gibi iyi gün dostu değil. En zor gününde dahi yanında olacak ve ne olursa olsun seni bırakmayacak insanlar da var bu dünyada. Kim bilir şu an kaç kişinin aklındasın. Kim bilir şu an kimlerin dualarındasın? Kim bilir şu an kaç insanın Allah'a yalvarışlarındasın? Ve bir gün bu insanlarla mutlaka denk geleceksin, hiç şüphen olmasın. Boş ver takılma gidenlere ya da seni üzenlere. Hiç gözyaşı dökme sana kıymet vermeyenlere. Bak çok daha güzelleri bekliyor, sen hazırla kendini seni Allah'tan isteyenlere.

Unutma, temiz yürekler her zaman temiz yürekleri kendine çeker. Onlar her zaman birbirlerine dua eder. Umudunu hiç kaybetme olur mu? Çünkü temiz bir yüreğin duası sana fazlasıyla yeter.

Sana tavsiyem, yaptığın iyilikleri heba edenlerle değil, seni hatalarınla beraber kabul edenlerle birlikte ol. Mücadelelerini yok sayanlarla değil, mutlu olman için sebep arayanlarla yaşlan.

Hadi bakalım şimdi tekrar, yeniden ve sil baştan…

Ama Kader Vazgeçmeyecek!

Bir gün gelecek unutacaksın her şeyi. Dertlerinden, sıkıntılarından, yaşadıklarından eser kalmayacak. Acıların, gözyaşların ve seni üzen ne varsa hepsi geride kalacak. Şu an seni yerle bir eden şeylere bir gün gülüp geçeceksin. Yaşadığın o kara günleri, sana yapılan tüm kötülükleri ve hayatını altüst eden üzüntüleri tek tek unutacaksın. Hayatın farklı yönlere doğru kayacak ve başka kalplere meyledeceksin. Ve bugün bir kaşık suda boğmak istediğin insanlardan, yarın intikam almaktan vazgeçeceksin.

Ama kader vazgeçmeyecek! Sen unutsan da kader sana yapılanları unutmayacak. Sen belki vazgeçeceksin ama ilahi adalet yanlarına kâr bırakmayacak. Sen onlardan uzaklaşıp gideceksin. Ama kader onları bir gün mutlaka yakalayacak. Sen bambaşka yerlerde mutluluğu yaşarken, Allah, hakkını olanları onlardan söke söke alacak. Ve üstelik tüm bunlar olurken sen yeniden çiçekler açmış, yeni hayatına odaklanmış ve mutluluktan göklere çıkmış olacaksın. Hiçbirini ruhun bile duymayacak.

Hiç üzülme! Senin gözyaşlarına sebep olanlar, ilahi adaletin tokadını yediklerinde bir daha gülümseyemeyecekler. Sana mutsuzluğu yaşatanlar, onun nasıl bir şey olduğunu tatmadan ölmeyecekler. Sen intikamdan vazgeçsen hatta onları affetsen dahi yaptıklarının hesabını verecekler. Çünkü haklıyı üzmek Hakk'ı sinirlendirmek demektir. Ve Hakk'ı sinirlendiren ne olursa olsun bunun bedelini ödeyecektir...

İçin rahat olsun! Çiçeklerini ezenler,
bir daha bahar göremeyecekler.

Benim Hayatım, Benim Kurallarım!

Benim hikâyemde kahraman yoktu. Kaybettiklerim de oldu, vazgeçtiklerim de. Unuttuklarım da oldu, unutmak istemediklerim de. Kimseye karşı bir kırgınlık ya da nefret yok içimde. Ben artık her şeyi geride bıraktım. Kim benden şikâyetçiyse nedenini kendine sorsun. Kim benden memnun değilse inşallah daha iyisini bulsun. Ve lütfen herkes çektiğim çizgileri aklında tutsun. Geçmişime kapılarım kapandı. Bir zahmet herkes bıraktığım yerde dursun. Kimse benimle uğraşmasın, ben artık huzur istiyorum. Bundan sonrası için tek dileğim; hayırlısı yakın, vefasızı uzak olsun.

Benim hayatımda tereddütlere yer yoktur. Hiç kimseye git ya da kal demedim. Herkes kendi seçimini kendi vicdanıyla yaptı. Bu yüzden hiç geçmişimde yaşamadım ve hiç arkama dönüp bakmadım. Vicdanım da gayet rahat. Çünkü hayatımdaki hiç kimseyi aldatmadım, benden giden hiç kimseye lanet okumadım ve benimle kalan hiç kimseyi sahipsiz bırakmadım.

Hatalarım olmuştur. Sinirlendiğim ve hırsıma yenildiğim zamanlar da olmuştur. Ama bunların hiçbiri bir insanı yıkacak ya da yok edecek boyutlarda değildi. Birine çok sinirlensem dahi onun gözünde ufacık bir korku ya da pişmanlık sezdiğimde, bu beni sakinleştirmeye yetmiştir. Her zaman merhametim öfkemin üstesinden gelmiştir. Kaybettiğim anlarda dahi sabrım hep sinirlerimi dizginlemiştir. Ve vicdanım hiçbir zaman hatalarımın beni esir almasına izin vermemiştir. Benim hayatımda saygısız insanlara yer yoktur. Kibirlenen, böbürlenen, başkalarından aldığı güçle kendini bir şey zanneden insanları oldum olası sevemedim. Bir insan bana hata yapabilir, bunu anlayışla karşılayabilirim. Ancak saygının veya ona tanıdığım imtiyazların sınırlarını aşmaya başlarsa, haddinin aslında ne kadar küçük olduğunu ona anlayacağı bir dil ile anlatırım.

İnsana yakışan en güzel şeyler edep ve alçak gönüllülüktür. Bunlara sahip olamayan bir insanın benim gözümde insani bir değeri yoktur. Bu yüzden etrafımdaki insan sayısı azdır. Ama hepsi benim için candır.

Kendimde gördüğüm en büyük kusur, sevdiğim insanlarla çok ilgilenmek ve onları çok sevdiğimi çabuk belli etmektir. Sanırım bana hayatım boyunca bir şey kazandırmayan tek şey buydu! Bugüne kadar yaşadığım her şeyden ders çıkarmayı başardım. Hatalarımı ve eksikliklerimi görüp düzeltmeye çalıştım. Ama bu konudan hiçbir zaman gerekli dersleri alamadım. Dünyada kontrol edilmesi en zor şey bir insanın kalbi olsa gerek. Çünkü ben her şeyi denedim ama yine de kontrol etmeyi başaramadım.

Yaşamak istediğim daha birçok şey var. Onlar için de Rabb'ime güveniyorum. Hiç kimseyi üzmeyeceğim ve hiç kimsenin de beni üzmeyeceği bir hayat yaşamak istiyorum. Bazen yatağıma uzanıyorum, gözlerimi kapatıyorum ve beni anlayan ve benden faydalanmayan insanlarla güzel şeyler yaşadığımı hayal ediyorum. Hayal bile olsa huzurun, mutluluğun ve sevginin tadını alıyorum. Çünkü Rabb'imin bir gün beni dualarımla karşılaştıracağını biliyorum.

Unutma! Kim olursan ol bırakacağın iz, kişiliğinin ve karakterinin imzası olacaktır. Bu yüzden sen sen ol, seni seven insanlara karşı şefkatle davran!

Çaresiz kaldığını hissettiğin anlarda de ki:
Allah'ım sen çaresizlerin çaresisin,
beni çaresiz bırakma. Ya bana dayanma gücü ver
Ya da beni kimseye muhtaç yaşatma.
Ve sakın içine kapanma. Hiçbir şeyden korkma;
Allah de çık yola. Nasip de, sabret.
Hayırlısı de, tevekkül et.
Olsa da şükret, olmasa da şükret.

Ve hiç üzme kendini.
Allah senin olanı, ayağına getirecektir elbet.
Allah'ım kalbim doğruysa, yanlış insanları sevdirme.
Kalbim yanlışsa, doğru insanlarla düzeltmeyi nasip eyle.

Aşkın Ölçüsü Tahammüldür

İnsan en çok sevdiğine inanmak ister, sevdiğine güvenmek ister ve sevdiğini mutlu etmek ister. Bu yüzden aşk, menfaatçi insanların bir şeyler elde edebilmek için kullanabileceği en kolay yoldur. Dünya, insanın kalbinde sakladığı ve her şeyden sakındığı o değerli duyguları sömürmek için aşkı alet olarak kullanan insanlar yüzünden, sevildiğini zannettiği için kolaylıkla kandırılıp sonunda çok ağır bedeller ödeyen insanlarla doludur. İnsanlar menfaatlerini öyle güzel saklıyor, yalanlarına öyle güzel kılıflar uyduruyorlar ki gerçek zannetmemek neredeyse imkânsız hâle geliyor. Ancak karşınızdaki insan ne kadar profesyonel yalancı ya da çıkarcı olursa olsun yine de bunu anlamanın bazı yolları vardır. Eğer karşınızdaki insan sizi gerçekten seviyor mu yoksa sizi kullanmaya mı çalışıyor anlamak istiyorsanız:

Onun için sürekli yaptığınız bir şeyi birden bire yapmayı bırakın ve tepkisini ölçmeye başlayın. Eğer anlayışla karşılayıp size olan davranışlarında herhangi bir değişikliğe gitmiyorsa, size gerçekten değer veriyor demektir. Ancak, siz o şeyi yapmaktan vazgeçtiğinizde size kızıyor, bağırıyor, hakaret ediyor ya da üzüldüğünü iddia edip kendini acındırıp bunları gözünüze sokmaya çalışıyorsa sizin o sürekli yaptığınız şeyi sizden daha fazla önemsiyor demektir. Unutmayın, onun menfaatine giden yolları kapattığınızda size karşı değişmeye başlıyorsa o değişken tavır aslında onun gerçek yüzüdür.

Ondan, onun işine gelmeyecek ama sizi mutlu edecek bir fedakârlık isteyin. Eğer bu fedakârlığı işine gelmediği hâlde ya da sevmediği bir şey olsa bile sırf sizi mutlu edebilmek için yapıyorsa sizi gerçekten seviyor demektir. Ancak, türlü bahaneler üretip, size yalanlar söyleyip sizi o istediğinizden uzaklaştırmaya çalışıyorsa ya da istediğiniz şeye umursamaz bir tavır takınıyorsa, mutluluğunuza kendi mutluluğu kadar önem vermiyor demektir. Unutmayın; gerçek aşk, mutlu olmaktan çok, mutlu edebilmektir. Çünkü gerçekten seven sevdiğinin mutluluğuyla mutlu olabilendir. Örnek, kendiniz!

Size karşı nefsine ne kadar hâkim olabildiğine bakın. Eğer sizi olduğunuz gibi kabul edip, sınırlarınıza saygı duyup, çekincelerinizi anlayıp, hoşlanmadığınız şeylerden uzak durup, kalbinize bağlı kalmayı başarabiliyorsa, o insan sizin için doğru bir insan demektir. Ancak, yanınızdayken ayrı, uzağınızdayken ayrı davranıyorsa, istediklerine sahip olduktan sonra davranışlarında değişkenlik gösteriyorsa, nefsine hizmet etmek, kalbine hizmet etmekten daha çok hoşuna gidiyor demektir. Unutmayın, aşk nefisten öndedir. Gerçekten seven bir insana, sevdiği insanın kalbine sahip olmak bedenine sahip olmaktan daha lezzetli gelir. Ama tüm bunlardan daha önemli bir şey varsa, o da tahammüldür. Birçok insan aşkın ölçüsünü "ilgi" olarak kabul eder ve onu baz alır. Hâlbuki bu doğru değildir. İlgi aşkın ölçüsü sayılamaz çünkü bir insan menfaatleri için de sizinle ilgileniyor olabilir. Aşkın asıl ölçüsü tahammül derecesidir. Karşınızdaki insan herhangi bir problemde, herhangi olumsuz bir şey olduğunda size ne kadar tahammül edebiliyorsa, sizi o kadar seviyor demektir. Unutmayın, bir insan ne kadar menfaatçi olursa olsun sevmediği şeylere belli bir noktadan sonra tahammül edemez. Sevdiği şeylere ise ne kadar zor olursa olsun tahammül etmekten vazgeçemez. Bu yüzden tahammül derecesi "Acaba beni seviyor mu?" sorusunun gerçek cevabıdır.

Sevginin özü, biraz ilgi, biraz saygı ve çokça tahammüldendir. Bu yüzden seni en çok seven, sana en çok tahammül edendir

Yalnız Değilsin!

Yalnız mısın? Herkes gitti ve koca hayatta tek başına mı kaldın? Etrafında seni duyacak, anlayacak ve sana yardımcı olacak hiç kimse kalmadı mı? Peki, emin misin? Yanılma, yalnız değilsin. Hayatından giden insanların boşluklarını dolduramadığın için öyle düşünüyorsun. Sevdiğin insanı hayatının tam merkez noktasına yerleştirip, hayatını tamamen ona adadığın için, bir gün senden gittiğinde yalnız kaldığını zannetmeye başlıyorsun. Gözün görmek istediklerini göremediği için, herkese körleşip sanki ruhun bile seni terk etmiş gibi davranıyorsun.

Sen yalnız değilsin, mutsuzsun. Bu ikisi aynı şeyler değil. Etrafında seni seven ve iyi olmanı isteyen insanlar var. Ama sen kalbini mutlu edecek birini istediğin için onları görmüyor ve yalnız olduğunu zannediyorsun. Ve şunu da bil ki böyle herkese kör davranarak seni seven insanları üzmüş ve onlara haksızlık etmiş oluyorsun.

Yaşanılanlardan ötürü kendini suçlayıp kendi kendinden uzaklaşma! Eğer yaşadıklarının acısını kendinden çıkarmaya çalışırsan, zamanla kendi kendinden uzaklaşmaya başlarsın. Unutma ki var olan problemlerin ya da dertlerin hiçbirisinin kaynağı sen değilsin. Kendine en çok ihtiyacın olduğu anda, kendine sırtını dönme. Başkalarının yaptıkları yüzünden kendine ceza verme. Herkes gider yine kendinle baş başa kalırsın. Bu yüzden kendini kendinle üzme.

Asla kendini yalnız hissetme. İnsanın hata yapmaya en çok meyilli olduğu zaman kendini yalnız hissettiği zamandır. Paniğe kapılıp hiç kimsem yok psikolojisiyle hareket edersen, yanlış insanlara sarılabilir ve geri dönülmesi çok zor hatalar yapabilirsin. Eğer böyle bir durumla baş başa kalırsan aileni, arkadaşlarını, sevdiklerini düşün. Eğer hiçbiri yanında yoksa seni hiçbir zaman terk etmeyecek olan Rabb'in olduğunu hatırla. Ve ne olursa olsun seni hiçbir zaman bırakmayacağını ve seni her şeyden koruyacağını aklından çıkarma.

"Yalnızım." deme, o ki sana şah damarından daha yakında. "Sağım solum bomboş." deme, doğduğun günden beri iki melek sürekli senin hayatında. "Herkes gitti." deme, bak, yaptığın iyilikler hep yanı başında. "Kimsem yok." deme, o temiz yüreğin kim bilir kaç kişinin dualarında... Boş ver, kim senden giderse gitsin üzülme. Seni hiç bırakmayacak bir Rabb'in var, hiç endişe etme.

Asıl yalnızlık, sana hiç kimsenin dua etmemesidir.
Sen, sana dua eden insanları kaybetme,
gerisi hayatında olmasa da olur.

Benden Alamadıkları Şeyler Var

Vicdanım rahat, huzurluyum, sabırlıyım ve umutluyum. Yaşadığım onca şeye rağmen bu dört şeyin hâlâ benimle olması, doğru bir hayat yaşamaya çalıştığımı göstermez mi? Vicdanım rahat çünkü "Elimden gelen her şeyi yaptım." diyebiliyorum. Hayatıma bir şekilde değmiş insanlar, onlar için verdiğim onca mücadeleye rağmen kıymetimi bilemedilerse bu benim suçum değil ki. Rahatım çünkü kimseye "Git." demedim. Onlar neden kalmadıklarını artık kendileri düşünsün.

Huzurluyum çünkü kaybettiklerimi umursamıyorum. Haklı olduğum yerlerde uğradığım haksızlıkların bana bir şekilde geri döneceğini biliyorum. Türlü yalanlarla benden bir şeyler almayı başarmış insanlara beni hafiflettikleri için teşekkür ediyorum. Ve üzerilerine yükledikleri ağırlıklarla yeni hayatlarında onlara başarılar diliyorum. Tabii eğer ağırlıkları onları batırmazsa!

Sabırlıyım çünkü Rabb'ime dua edebiliyorum. Ve dualarıma karşılık aldığımı da görebiliyorum. Yaşadığım bazı problemler olsa da onları sorun etmiyorum. Çünkü büyük bir sınavda olduğuma ve Allah'ın bana bu sınavda muhakkak yardımcı olacağına inanıyorum. Sabrediyorum ve hiçbir şeyden korkmuyorum. Çünkü herkes gitse de O'nun beni hiçbir zaman terk etmeyeceğini biliyorum.

Umutluyum çünkü her ne olursa olsun Allah'ın bir gün beni mutlu edeceğinden şüphem yok. Beni altında bıraktıkları bu enkazdan kurtulup yeniden doğacağıma inanıyorum. Rabb'ime güveniyorum. Bu kadar kötülüğe maruz kaldığım hâlde iyi niyetimi korumama karşılık hediye olarak, kaybettiğim ne varsa bir pastanın üzerine doldurup "İyi ki doğdun!" diye karşıma çıkarılacağını biliyorum.

Yanlış Bir İnsana Denk Geldiysen, Bu Doğru İnsana Bir Adım Daha Yaklaştığını Gösterir

Bazı insanlar seni kullandıklarını zannederler. Hâlbuki Allah senin doğru insanlara kavuşman için onları araç olarak kullanıyordur, bunu bilmezler. Allah bu tip insanların sana yanlış yapmalarına izin verir ki yanlışın ne kadar çirkin bir şey olduğunu gör, bunu kimseye yapma ve böyle insanlarla bir daha bir arada olma. Ve bazen de art niyetli insanları karşına çıkarır ki insanları tanıyabil, herkese güvenemeyeceğini gör ve hayatına daha düzgün insanlarla devam et.

Aslında aldığın her darbe seni daha güzel günlere taşımak için bir araçtır. Seni zora sokan veya senden nemalanan insanlardan kurtulman, kendi başının çaresine bakmayı öğrenmen ve kime nasıl davranman gerektiğini bilmen için, zor günler yaşaman ve hatta büyük darbeler alman gereklidir. Çünkü zor günler yaşamış insanlar hayatın ve mutluluğun kıymetini daha iyi öğrenmişlerdir.

Ancak umutsuz olmaya da gerek yok. Çünkü Allah öyle büyüktür ki o kadar çirkinliği, pisliği ve yanlışı toplar ve ilahi güç ile bunları senin için tertemiz bir gelecek hâline getirir. Bu yüzden insanlardan zarar gördüğünde, kaybettiğini ve bir daha hiçbir şeyin düzelmeyeceğini düşünmek yerine, Allah'ın sana yardım edeceğini ve mutlaka uğradığın zararları sana geri vereceğini bilerek yaşamına devam etmelisin.

Unutma, Allah hiç kimsenin kimliğine bakmaz. İster aşk olsun, ister arkadaş, ister akraba hiç fark etmez. Eğer bir insan sana zarar vermişse, bu zarardan ötürü mutlaka cezalandırılacaktır. Çünkü Allah insanları kimlikleriyle değil niyetleriyle yargılayacaktır. Bir de çok sevdiğin, olması için uğraş verdiğin, elde edebilmek için çok çaba gösterdiğin ama bir türlü elde edemediğin şeyler olacaktır. Onlar için aşırı hırs yapıp, kaderine kızıp sakın hayatını heba etme. Zamanını boşa harcayarak, olmayan şeyleri zorlayarak, olması muhtemel şeylerin de önünü kesme.

Eğer Allah onu sana nasip etmiyorsa senin için çok da hayırlı olmadığını, bil ve hayatını onları kazanmaya adamak yerine, nasibini başka yerlerde aramaya devam et. Eğer Allah'ın kaderine sundukların razı gelir ve hayatına onlarla devam edersen, Allah da sana kaderini sevdirir ve seni hayatından razı bir hâle getirir. Ancak elde edemediğin şeylerin peşinden koşmaya devam edersen kaderin sana küsecek ve neticesinde hayat seni ölene dek yanlışların peşinde süründürecektir.

Olmadı diye üzme kendini. Unutma ki "hayır" bazı şeylerin varlığındadır, bazı şeylerin ise yokluğundadır. Belki yüreğinin onu elde edememesi, senin olanın sana gelmesi için şarttır. Belki onun seni reddetmesi, senin yeniden başlaman için bir fırsattır. En iyisini ve en doğrusunu Allah bilir. Bu yüzden her şartta Rabb'ine güven ve her ne olursa olsun kaderini sahiplen. İnan bana kazanan sen olacaksın!

Karamsar olma. Allah sana mutluluğu vermeden önce seni mutsuzlukla deneyecektir. Eğer yanlış bir insana denk geldiysen, bu doğru insana bir adım daha yaklaştığını gösterir.

Güzel Yaşamanın On Altın Kuralı

Hz. Şems-i Tebrîzî'ye göre hayatta mutlu olmanın, güzel yaşamanın ve Hakk'a ulaşmanın on altın kuralını sizlerle paylaşacağım;

1. Kural

Hak yolunda ilerlemek yürek işidir, akıl işi değil. Kılavuzun daima yüreğin olsun, omuzun üstündeki kafan değil. Daima nefsini bilenlerden ol, silenlerden değil.

2. Kural

Başına ne gelirse gelsin karamsarlığa kapılma. Bütün kapılar kapansa bile sonunda O, sadece kimsenin bilmediği gizli bir patika açar. Sen şu an göremesen de, dar geçitler ardında nice cennet bahçeleri vardır. Şükret! İstediğini elde edince şükretmek kolaydır. Sufi (ermiş kişi), dileği gerçekleşmediğinde de şükredebilendir.

3. Kural

Sabretmek öylece durup beklemek değil, ileri görüşlü olmak demektir. Sabır nedir? Dikene bakıp gülü, geceye bakıp gündüzü tahayyül edebilmektir. Allah âşıkları sabrı gülbeşeker gibi tatlı tatlı emer, hazmeder ve bilirler ki, gökte ayın hilalden dolunaya varması için zaman gerekir.

4. Kural

Hakk'ın karşına çıkardığı değişimlere direnmek yerine teslim ol. Bırak hayat sana rağmen değil seninle beraber aksın. "Düzenim bozulur, hayatımın altı üstüne gelir." diye endişe etme. Nereden biliyorsun hayatın altının üstünden daha iyi olmayacağını.

5. Kural

Esas kirlilik dışta değil içte, kisvede değil kalpte olur. Onun dışında her leke ne kadar kötü görünürse görünsün, yıkandı mı temizlenir, suyla arınır. Yıkanmakla çıkmayan tek pislik kalplerde yağ bağlamış haset ve art niyettir.

6. Kural

Başkalarından saygı, ilgi ya da sevgi bekliyorsan, önce sırayla kendine borçlusun bunları. Kendini savunmayan birinin sevilmesi mümkün değildir. Sen kendini sevdiğin halde dünya sana diken yolladı mı, sevin. Yakında gül yollayacak demektir.

7. Kural

Yaşadığımız hayat elimize tutuşturulmuş rengârenk ve emanet bir oyuncaktan ibaret. Kimisi oyuncağı o kadar ciddiye alır ki, ağlar perişan olur onun için. Kimisi eline alır almaz şöyle bir kurcalar oyuncağı, kırar ve atar. Ya aşırı kıymet verir, ya kıymet bilmeyiz. Aşırılıktan uzak dur!

8. Kural

Kâinat yekvücut, tek varlıktır. Her şey ve herkes görünmez iplerle birbirine bağlıdır. Sakın kimsenin ahını alma; bir başkasının hele hele senden zayıf olanın canını yakma. Unutma ki dünyanın öte ucunda tek bir insanın kederi, tüm insanlığı mutsuz edebilir. Ve bir kişinin saadeti herkesin yüzünü güldürebilir.

9. Kural

Kader hayatımızın önceden çizilmiş olması demek değildir. Bu sebepten "Ne yapalım kaderimiz böyle" deyip boyun bükmek cehalet göstergesidir. Kader yolun tamamı değil, sadece yol ayrımlarını verir. Güzergâh bellidir ama tüm dönemeç ve sapaklar yolcuya aittir. Öyleyse ne hayatına hâkimsin, ne de hayat karşısında çaresizsin.

10. Kural

Hileden, desiseden endişe etme. Eğer birileri sana tuzak kuruyor, zarar vermek istiyorsa, Allah da onlara tuzak kuruyordur. Çukur kazanlar o çukura kendileri düşer. Bu sistem karşılıklar esasına göre işler. Ne bir katre (damla) hayır karşılıksız kalır, ne bir katre şer. O'nun bilgisi dışında yaprak bile kıpırdamaz. Sen sadece buna inan!

"Mum gibi erimiyorsa insan, yanıyorum dememeli.
Yanmaktan korkuyorsa kişi, aşk kapısından girmemeli.
Bir gül kadar güzel ol; ama dikeni kadar zalim olma.
Birine öyle bir söz söyle ki, ya yaşat ya da öldür;
ama asla yaralı bırakma."
Hz. Şems-i Tebrîzî

Günahtan Korkan İnsanları Sevin

Dünyanın en tehlikeli canlısı insandır derler ya, ben bu söze yürekten katılıyorum. Çünkü öyle insanlar gördüm ki her türlü kötülüğü yaptıkları halde hiçbir şey olmamış gibi yaşamaya devam ediyorlardı. Zarar verdikleri insanların, yaktıkları canların, aldıkları ahların ve girdikleri günahların hiçbirini umursamıyorlardı. Günaha girmek onlar için kazançtı. Hatta öyle ki İnsanların Allah'tan korkuyor olmalarını bile kendi menfaatleri için kullanmaktan çekinmiyorlardı. Çünkü biliyorlar ki sen en iyisin, karıncayı bile incitmeye çekinirsin. Onların peşine düşmeyeceksin ve onlara zarar vermek istemeyeceksin. (Allah hepimizi böyle insanlardan korusun.)

Size tavsiyem, eğer sevecekseniz günahtan korkan insanları sevin. Allah'ı bilen, nefsini zincirleyen ve her ne olursa olsun günaha girmekten çekinen insanlar olsun hayatınızda. Çünkü böyle insanları severseniz yoklukta çekseniz, sıkıntıya da düşseniz her şeyin üstesinden beraberce gelirsiniz. Ancak tanımadığınız insanların görünüşlerine ve yaşam biçimlerine aldanıp kişiliğini, edebini ve karakterini görmeden, bilmeden aceleyle hayatınıza alırsanız, sonunda çok ağır bedeller ödemek zorunda kalırsınız. Daha sonra üzülmemek için hayatınızı paylaşacak insanları çok dikkatli seçin. Çünkü bilin ki insanın kalitesizine denk gelen bedelini öde öde bitiremiyor.

Unutmayın, bir insan günahtan korkuyorsa ömürden de çalamaz, gönülden de çalamaz. Eğer günahtan korkmuyorsa: Gönülde de kalamaz, ölümden de ders alamaz.

Allah'tan Ümit Kesilmez

İyi bir insan mısın? Eline fırsat geçse sana yapılanları bir başkasına yapabilir miydin? Ya da merhamet yoksunu acımasız bir zalim olabilir miydin? Olamazdın! Çünkü sen iyi bir insansın. Peki, nasıl olur da iyi bir insan olduğunu düşündüğün hâlde karamsarlığa düşersin? Nasıl olur da geleceğinden şüphe edersin? Söylesene, nasıl olur da bu kadar iyi bir kalbe sahipken Allah'tan ümit kesersin? Bilmez misin, Allah ki her şeye hâkimdir. Mutlak galiptir. O emretmedikçe yaprak dahi kıpırdayamaz. O nasip etmedikçe hiçbir canlı karnını doyuramaz. Ne O'nun "Ol" dediğini engellemek mümkündür ne de bir canlı O'nun nasip etmediği bir şeyi yapabilecek kadar güçlüdür.

Sakın Allah'tan ümidini kesme. Çünkü Allah seni unutmadı. Sana yapılanlar için mutlaka senin razı geleceğin bir yol açacaktır. Ya sana kötülük yapanlar beter bir hâle gelecektir. Ya da sana yapılanları unutturacak büyüklükte bir mutluluk nasip edecektir. Sen sabrını geniş tut ve Allah'tan ümidini kesme. Çünkü Allah her ne olursa olsun, sonunda senin galip geleceğin bir karar verecektir.

Her şeye gücü yeten Allah'tan ümit kesmek, bileklerini kesmek ve dahi nefesini kesmek kadar tehlikeli ve gereksizdir. Sen sen ol, asla Allah'tan ümidini kesme.

Sana Tepeden Bakanlara Kızma Onlara Merdiven Uzatan Sensin

Sana tepeden bakanlara kızma, onlara merdiven uzatan sensin. Her şeylerini kabul ederek, öyle olur olmaz tavizler vererek, her hatalarını kolayca affederek onların gözünde yücelemezsin. Ya da at gözlüğüyle bakarak, her dediklerini yaparak, "Seviyorum." deyip susarak sevgini büyütemezsin. Farkında değilsin! Sen onlara iyilik yaptığını zannederken onların gözünde basitleşmişsin.

Seni umursamayanlara şaşırma, onları şımartan sensin. Öyle haddinden fazla severek, acemice hareket ederek, tehditlerine boyun eğerek kendini sevdiremezsin. Ya da sevgini kullanmasına izin vererek, her çağırdığında koşa koşa giderek, tek başına bu yük altına girerek aşka devam edemezsin. Farkında değilsin! Sen sevildiğini zannederken, onların çıkarlarına hizmet etmişsin.

Eğer vazgeçilmez olmak istiyorsan affetmeyi bildiğin gibi yeri geldiğinde cezalandırmayı da bileceksin. Ya da kalıp mücadele etmeyi bildiğin gibi, yeri geldiğinde arkana bakmadan gitmekten bir an bile tereddüt etmeyeceksin. Hatta öyle kararlı olacaksın ki; Karşındaki insan seni üzmekten veya sana hata yapmaktan çekinsin.

Affetmek güzel bir şey olsa da bazı suçları cezalandırmak gereklidir. Çünkü insanoğlu çiğ süt emmiştir. Haddini bildirmedikçe hata yapmaya devam edecektir.

Kalbini Katılaştıracak Şeylerden Uzak Dur!

İlgi gördüğünde kibirlenme. Acı gördüğünde isyan etme. Her daim şükretmeyi bil. Alçak gönüllü ve mütevazı ol. İnsanlar seni yanlışa çekmeye çalışsalar da doğru olduğunu bildiğin yoldan ayrılma. Sırlarını hiç kimse ile paylaşma ve hiç kimsenin sırrına ortak olma. Günahtan kork. Kalbini katılaştıracak şeylerden uzak dur. Sana yapıldığında üzüldüğün şeyleri başkalarına yapma. Sana ne kazandırırsa kazandırsın kimseye iftira atma.

Nankör olma! Sana yapılan iyiliklere sırt çevirme. Sevdiklerin için kalbinden kötülük geçirme. Ne olursa olsun dostluğunu dünyalık şeylerle değişme. Acemi olma! Kötülüğünü isteyenlerle birlikte hareket etme. Şüphe duyduğun insanlara kolay kolay güvenme. Ne olursa olsun, seni bir kez üzenin bir daha üzmesine izin verme.

Dünya iyi insanlar sayesinde güzel. Bu sebeple iyilik yap ki kötülük utansın. Nefsini öldür ki yüreğin canlansın. Unutma ey insanoğlu, amelin kadar temiz, merhametin kadar insansın.

Bozguncu değil iyileştirici ol. Yıkıcı değil güzelleştirici ol. Son nefesini verirken dahi ayrıştırıcı değil birleştirici ol.

Sevgi Azalır mı?

Sevgi, bir kalbin bir kalbe duyduğu muhabbettir, bağdır, aşktır. Ruhunu ruhu ile birleştirip, ona karışmaktır, o olmaktır. Onu görünce aptallaşmaktır, heyecanlanmaktır. Öyle ki, 5 dakika elini tutup geri kalan 23 saat 55 dakika bunun mutluluğunu yaşamaktır. Sevginin tarifi budur.

Şimdi kimse bana kızmasın. Gelin gerçekleri konuşalım! Günümüzde kadınların bedenlerine yatırım yapıyor olmalarının sebebi erkeklerin büyük bir kısmının kalpleriyle değil nefisleriyle seviyor olmalarıdır. Günümüzde erkeklerin lükse ve gösterişe yatırım yapıyor olmalarının sebebi, kadınların büyük bir kısmının gönülleriyle değil gözleri ile seviyor olmalarıdır. Kalbe yatırım olmadığı için sevgi günden güne azalmakta ve git gide yok olmaktadır.

Bir insanın bedenine ilgi duyarsanız, o insanın bedeni şekil değiştirdikçe sevginiz de şekil değiştirmeye başlayacaktır. Bir insanın cebine ilgi duyarsanız, o insanın cebi delindikçe sevginiz de delinip oradan yavaş yavaş sızacaktır. Hoşlandığınız ya da ilgi duyduğunuz şeylerin bozulmaya veya azalmaya başladığını gördükçe ilginiz ve hatta sevginiz de ister istemez aynı ölçüde azalacaktır. Ancak bir insanın kalbini ve ruhunu sevebilirseniz, o insana gözünüzde değil gönlünüzde yer verebilirseniz, ona karşı nefsinizi ve dünyalık menfaatlerinizi öldürebilirseniz, ne kadar zaman geçerse geçsin sevginiz zerre kadar dahi azalmayacaktır.

Unutmayın, beden insanın yansımasıdır. Asıl olan, insanın kalbi ve ruhudur. Size tavsiyem; sevginizin azalmasını ya da bozulmasını istemiyorsanız, insanın yansımasını değil aslını sevin.

Geçmişe Umut Bağlama

İnsanın başlangıç noktası gerçekleri kabullenmektir. Bir insan acı da olsa gerçekleri kabullenebilirse yeniden başlamak için kendine bir zemin hazırlayabilir. Hayatın bir şekilde sonlandırdığı şeyleri kalbinde devam ettirmeye çalışırsan eğer, hiçbir şey elde edemeyeceğin gibi, ağır bir yük altında kalıp gidişatını yavaşlatırsın. Eğer yeniden ayağa kalkıp sağlam adımlarla ilerlemek istiyorsan; sırtını geçmişe, yüzünü geleceğine dönmek zorundasın. Geride bırakman gerekenlerle, ileri taşıman gerekenleri asla karıştırmamalısın. Kendine bir hedef belirleyip umudunu yenileyip vira bismillah deyip yola öyle çıkmalısın. Unutma, yorulduğunda neye yaslanacağını ve umudunu neye bağlayacağını iyi belirleyebilirsen gideceğin yol seni varmak istediklerine götürecektir.

Umudunu doğru yerlerde ara. Çünkü ancak doğru yerlerde ararsan onu bulabilirsin. Yanlış yerlerde arayacağın ya da yanlış kişilere bağlayacağın umutlar sana sadece zaman kaybettirecektir. Bu yüzden geçmişe umut bağlama. Orası güzel olsaydı bugün üzülüyor olmazdın. Sen umudunu geleceğine gönder. O seni bir gün mutlaka bulacaktır. Diyelim ki karanlıklardasın, önünü göremiyorsun ve neye umut bağlayacağını da bilmiyorsun. O zaman Rabb'ine bırak. O her şeyi en iyi görendir. Senin için en hayırlı olanı önüne çıkaracaktır. Sen bulamasan bile, o seni mutlaka bulacaktır...

Umut her zaman vardır. Yeter ki sen onu doğru yerlerde ara.

Umudun en kötüsü geçmişten hayır beklemektir.
Umudun en güzeli ise Allah'a teslimiyettir.

Mutlu Olacaksın!

Mutlu olacaksın. Ben buna çok eminim. Çünkü tarih tekerrürden ibarettir. Bu kadar âlim, bu kadar kitap ve bu kadar ibretlik olaylar yanılıyor olamaz. Bu, tarihte hep böyle olmuştur. İyi olan, iyi bakan ve iyi düşünen insanlar sonunda mutlaka hak ettikleri mutluluğa kavuşmuşlardır. Mutlu olacaksın, çünkü güvendiğin insanlardan ağır darbeler yemiş olsan da, Allah'a inanmaktan vazgeçmiyorsun. Yaşadıkların kabullenmesi zor şeyler olsa da, yüreğin fena hâlde daralsa da, vardır bir hayır deyip sabredebiliyorsun. İnsanların içlerine kadar kire bulandıkları bu dünyada sen hala tertemiz yaşayabiliyorsun. Her şeyden öte pamuk gibi bir kalbe sahipsin. Hayallerinde bile kimseye zarar vermiyorsun. Vicdanlısın! Seni üzenlerin bile mutsuzluğunu istemiyorsun.

Mutlu olacaksın, çünkü birçok insan bunu haksız yollardan elde etmeye çalışırken, sen sadece edebinle Hak'tan istiyorsun. İnsanlar bir parça mutluluk için nefislerine boyun eğerken, sen bunlara tenezzül etmiyorsun. İnsanların iç dünyasını sömürerek mutluluklarını gasp etmiyorsun. Dualarından vazgeçmiyorsun. Her şey olumsuz gitse bile, Rabb'ine güvenmeye devam ediyorsun.

Unutma, Allah herkese hak ettiğini verecektir, bu aklında dursun. İster üç gün sonra, ister üç ay sonra olsun. Bir gün mutlaka mutluluğa kavuşacaksın. Çünkü onu en çok sen hak ediyorsun.

Böyle Daha Huzurluyum

Eskiden başıma bir şey geldiğinde kendimi herkese uzun uzun açıklama yapmak zorunda hissederdim. Etrafımdaki insanların bana yardımcı olacaklarını düşünür, yaşadıklarımı en ince ayrıntılarına kadar anlatırdım. Onlara güvenir, doğru mu yoksa yanlış mı yaptığımı öğrenmeye çalışır ve ne yapmam gerektiği hakkında fikirlerini alırdım. Ancak zamanla benim derdimden faydalanmaya çalıştıklarını, beni kendi menfaatleri doğrultusunda yönlendirerek kendi hayatlarını kolaylaştırdıklarını ve kendilerine yararı olmayan bir şeyle karşılaştıklarında bana bahaneler üreterek beni o olayda yalnız bıraktıklarını anlamaya başladım. İnsanların içinde bulunduğum zor koşullardan bile sebeplenmeye çalışacak kadar çirkin olan yüzlerini gördüm ve artık akıllandım. İnsanların beni işlerine geldikleri gibi dinlediklerini çözdüğüm günden beri hiç kimseye açıklama yapmıyorum. Artık kim nasıl anlamak isterse öyle anlasın, takmıyorum. Hiç kimsenin hiçbir şeyine karışmıyorum ve hiç kimsenin hiçbir şeyime karışmasına izin vermiyorum. Birinde menfaat mi sezdim, hemen ondan uzaklaşıyorum. Ya da biri beni kendi yararına olacak şeylere mi yönlendirmeye çalışıyor, hemen arama mesafe koyuyorum. Hayatımı kendi doğrularım, kendi hatalarım ve kendi üzüntülerimle yaşıyorum. İnanın bana böyle daha huzurluyum.

Ve bir gün bu kadarı bu bedene fazla dersin.
İsyan ettiğin için değil,
değmediğini anladığın için…

Cesur Ol, Suskun Kalma ve Kendi Hayatına Sahip Çık

Bu hayatta üç şey insanı daima güçlü yapar:
1. Cesaretli olmak,
2. Kimseye karşı suskun kalmamak,
3. Kendi hayatına sahip çıkmak.

Cesur olun! Sizi gitmekle ya da üzmekle tehdit edenlere boyun eğmeyin. Karşınızdaki insanların öz güveninizi yıkıp sizi ele geçirmelerine izin vermeyin. Hayatınıza kıymet vermeyenlerin hayatınız üzerinde hak iddia etmelerine müsaade etmeyin. Unutmayın, onlar hayatınıza kıymet vermiyorlar diye kıymetsiz değilsiniz. Ya da onları seviyorsunuz diye onlara muhtaç değilsiniz. Biraz cesaretli olabilirseniz her şeyi kendi başınıza halledebileceğinizi göreceksiniz. Eğer kendinizi ve hayatınızı gerektiği gibi savunmazsanız, istemediğiniz şeylere karşı çıkmaya çalışmazsanız, size her konuda baskı yapmaya ve sizi isteklerini yaptırana dek esir almaya devam edeceklerdir. Bunlara izin vermeyin!

Suskun kalmayın! İnsanlar sevdikleri için savaşırlar ve sustukları için kaybederler. O darılmasın, bu kırılmasın diye yapılan hataları görmezden gelmek ya da haklı olduğunuz zamanlarda bile susmaya devam etmek, kaybetmeniz için yeterli sebepler olacaktır. Herhangi bir insanın yanlışlarını gördüğünüz hâlde onu kaybederim endişesiyle suskun kalmaya devam ederseniz; hem onun size çok daha rahat yanlış yapmasının önünü açmış olursunuz hem de kendinize büyük haksızlık etmiş olursunuz. Unutmayın ki sizi gerçekten seviyorsa yaptığı bir yanlışı ona söylediğinizde onu düzeltmeye çalışacak ve bir daha öyle yanlışlardan uzak duracaktır. Yok, eğer sevmiyorsa, yaptığı yanlışları umursamayacak ve aynı yanlışları yapmaya devam edecektir. Zaten böyle bir insanla yaşamaya devam etmeniz başlı başına büyük bir yanlış demektir.

Unutmayın, suskun kaldığınız her olay kaybettiğiniz bir mutluluk demektir. Siz siz olun, suskunluğu her yerde asalet zannetmeyin. Ve tırnaklarınızla kazıyarak kazandıklarınızı, boş insanlar uğruna susarak kaybetmeyin.

Hayatınıza sahip çıkın! Bu hayatta hiç kimse kendine değer vermeyen ve hayatını önemsemeyen insanlara değer vermez ya da onları önemsemez. Eğer siz kendi hayatınıza sahip çıkmazsanız, başkalarının hayatlarına ya da onların keyfiyetlerine muhtaç yaşamak zorunda kalırsınız. Kendini sevmeyen ya da kendi için mücadele etmeyen insanlar, başkalarına yük olup zamanla onların oyuncağı hâline gelirler. Kendini sahipsiz bırakırsan eğer seni sahiplenecek şeyler acı ve pişmanlık olacaktır. Kendini bunlarla yaşamaya mahkûm edeceğine, hayatına değer vererek sana layık olabilen insanlarla yoluna devam etmen seni mutluluğa götürecektir. Yaşamak istediklerine kavuşmak istiyorsan, hayatını sevmeyi ve kendin için mücadele etmeyi bir an önce öğrenmelisin.

Unutma; Her insan gücünü önce kendinden alır. Kendi hayatına sahip olmayı başarabilen bir insanın bu dünyada sahip olamayacağı şey yoktur. Sen sen ol, kendin için hayatına sahip çık!

Cesaretini giy, kararlı ol ve hiç kimseden korkma.
Seni haksızlığa uğratan insanlara asla suskun kalma.
Kendi hayatını kendin taşı, hiç kimseye yük olma.

Aşk Neden Bu Kadar Kıymetsiz Bir Hâle Geldi?

Aşk nedir diye soruyorlar? Söyleyeyim; Aşk bir insana "Al bu benim kalbim. Biraz sev sonra yerle bir edersin." demektir. Ya da yıllarca biriktirdiğin tüm değerlerini ve enerjini, yabancının birine; "Ben harcamaya kıyamıyorum, sen al bunları sömür, kalanını da etrafa saçarsın." demektir. Maalesef ki günümüzdeki zihniyet ve yaşantıya göre tanımı budur.

Günümüzde aşka kıymet veren kalpler art niyetli insanların oyuncağı hâline geldi. Karaktersiz insanlar aşk adı altında temiz insanları kullanıp, sömürüyorlar. Ve işleri bitince hiç kimseye hesap vermeden ellerini kollarını sallaya sallaya çekip gidiyorlar. Eğer bir insanı yok etmek istiyorsan ve karşılığında hapse girmek istemiyorsan, onu kendine âşık et! Çünkü maalesef ki dünyanın hiçbir ülkesinde seven bir insanın gözyaşları, aldatılması, kandırılması, kullanılması ve bunların sonucunda yaşadığı o derin acı suç sayılmıyor.

Öyle tuhaf ki bir insanın parasını sömürmek suç. Ama kalbini ya da duygularını sömürmek suç değil. Ya da bir insanın arabasını çalıp kullanmak suç. Ama kalbini çalıp duygularını kullanmak suç değil. Yani dünya öyle bir yer ki insanın kalbine, parası ya da malı kadar kıymet verilmiyor...

Düşünebiliyor musun; biri seni dövdüğünde ya da işkence ettiğinde bu bir suç sayılıyor. Ama seni aldattığında ya da kalbi anlamda kandırdığında bu suç sayılmıyor. Hâlbuki fiziksel şiddete yaraların maksimum 10-15 gün sonra iyileşmeye başlıyor. Ama içsel şiddette bu yaraların iyileşmesi çok daha uzun bir zaman alıyor. Tuhaf olan ise fiziksel şiddette karşı taraf dava edilip, tutuklanabiliyor. Ama içsel şiddette dava edilemiyor. Yani dünyada maalesef ki insanın içine dışı kadar önem verilmiyor.

Size de çok ilginç gelmiyor mu? Resmen insanların duygularıyla oynamanın önünü açıyorlar. Hayata mı küsmüş, psikolojisi mi bozulmuş ya da acı mı çekiyormuş hiç umursamıyorlar. Yaşadıklarına seyirci kalıyorlar. Aşkı ve aşığı hiçbir şekilde korumuyorlar. Sonra da aşk neden bu kadar kıymetsiz bir hâle geldi diyorlar. Ben söyleyeyim çünkü dünyada adalet her anlamda geçerli değil. Eğer dünyaya gerçek bir adalet hâkim olsaydı, insanların gözyaşlarının bile hesabı soruluyor olurdu. Çok şükür ki bizler ilahi adalete inanan insanlarız da, Allah'ın bizi mağdur bırakmayacağını ve hesabını mutlaka soracağını biliyoruz da, içimiz bir nebze de olsa rahatlıyor.

Tabii bu arada bu yazıyı okuduktan sonra aşktan tamamen soğumanızı da istemem. Zira dünyada hala aşka kıymet veren insanlar var. Sakın umutsuzluğa kapılmayın, sadece biraz daha seçici ve dikkatli davranın. Sizinle ilgilenen ya da sizden hoşlandığını söyleyen insanları iyice bir araştırın ve duygusal anlamda asla kolay teslim olmayın. Unutmayın ki sizi kolay elde eden, çabuk terk edecektir. Eğer illa ki birini sevecekseniz, her şey güzel olacak diyeni değil, her şeyi güzelleştirmeye gayret edeni sevin. Çünkü aşk dediğin bir şeyler vaat etmek değil, onları yapabilmektir.

Unutma, bir insan yorulunca değil,
yanıldığını anlayınca gider.
Ve aşk ayrılınca değil, ayrılığa alışınca biter.

Sabır, Şükür, Dua ve Tövbe

Sabır

Sabır insanın sınavda olduğunu bilmesi, kaderini sahiplenmesi, Allah'tan gelene tahammül etmesi ve yaşadıkları ne kadar zor olursa olsun Allah'tan ümit kesmemesidir. Bir insanın sabretmesi demek; Allah'ın adaletine güvenmesi, vereceği hükme razı gelmesi ve sonucu ne olursa olsun Allah'a isyan etmemesi demektir. Bir insan Allah için sabrederse, zorluklara ve yokluklara hakkıyla göğüs gererse, isyan etmek yerine nefsine kilit vurmayı seçerse, o insan her şeyi yoluna koymadan, mükâfatını almadan ve cenneti kazanmadan ölmeyecektir.

Sabretmek faydalıdır. İnsanı kibirden, isyandan ve faydasız gururdan uzaklaştırır. Elindekilerin kıymetini öğretir, kalbini ve ruhunu olgunlaştırır. Allah katında derecesini yükseltir ve onu en güzel makamlara ulaştırır. Allah insanı en sevdikleriyle ya da en vazgeçemedikleriyle dener. Eğer o insan denendiği zaman, yaşadıklarına sabredebilirse, Allah da o insanın sabırlarının hatırına sınavı bitirir ve hemen mükâfatını verir. Ancak o insan sabretmek yerine isyan etmeyi seçerse Allah o isyanı yüzünden sınavını ağırlaştırır ve cezasını da çabuklaştırır.

Unutma, sabır bir köşeye çekilip beklemek değildir. Asıl sabır vazgeçmeden, isyan etmeden mücadele etmeye devam etmektir. Belki sabır zor, meşakkatli ve ağırdır. Ama mükâfatı da bir o kadar güzel ve hayırlıdır.

Öyleyse sabretmeye devam et...

Şükür

Şükür bir insanın nankör olmadığının, Allah'ın ona yardım ettiğini kabul ettiğinin, Allah'ın verdiği ile yetinmeyi bildiğinin ve karşılığında Allah'a teşekkür ettiğinin bir kanıtıdır. Şükür, insanın

Allah'a yönelmesi, ona olan kulluk borcunu ödemesi ve Allah'ı sevdiğinin bir göstergesidir. Bir insan doğduğu günden öleceği güne kadar sürekli şükretse yine de Allah'ın ona verdiği nimetlerin, sağlığın ve kolaylıkların karşılığını ödeyemez... Şükür berekettir. İnsanı pintilikten, bencillikten ve nankörlükten uzak tutar. Bir insanın çokça şükretmesi malının çoğalmasına, bedeninin sağlamlaşmasına ve ruhunun kötülüklerden arınmasına vesile olur. Allah'a şükredin! Çünkü Allah'a şükretmesini bilmeyen, insanlara teşekkür etmeyi de bilmez. Allah'a minnet etmeyen hiçbir şeyden memnuniyet duymaz. Etrafınızdaki nankör ve bencil insanlara bir bakın; hiç şükretmediklerini göreceksiniz.

Şükreden insanlar genelde sıcakkanlı ve gülümser, şükretmeyen insanlar ise donuk ve somurtkandır. Allah'ın hiçbirimizin şükür ya da ibadetlerimize ihtiyacı yoktur. O sadece kulunun çabasına bakar. Bir insan Allahın ona verdiği nimetlere karşılık şükretmeye çaba gösteriyorsa, o insanı ılımlı ve mütevazı, şükretmeyip elindekiler ile yetinemiyorsa, o insanı soğuk ve isyankâr bir yapıya büründürecektir.

Unutma, şükretmeyi bilen bir insan Allah'tan gelene razı olmuş demektir. Ve bir insan Allah'tan gelene razı olmuşsa o insan asla kaybetmeyecektir. Öyleyse şükret!

Dua

Dua bir insanın Allah'a yönelmesi, Allah'a güvenmesi, kendini yaratıcıya teslim etmesi ve içinde biriken korku ve kaygılar için Allah'tan yardım istemesidir. Bir insanın dua etmesi, Allah'ın her şeye gücünün yettiğini kabullenmesi, dolayısıyla gücünün yetmediği şeyler için Allah'tan yardım dilemesi, Allah'ı sevmesi ve hatta Allah'tan korktuğunun göstergesidir. Bir insan inanarak, olacağını umut ederek ve karşılığını yalnızca Allah'tan isteyerek dua ederse, o dua geri çevrilmez...

Dua teslimiyettir. Bir insan kendini şartsız ve şüphesiz bir şekilde Allah'a teslim ederse Allah da onu bu teslimiyetinden ötürü şeytandan, kazadan, beladan, günahtan ve haddi aşıp şımarmaktan uzaklaştırır. Hayatını düzene koymasına yardımcı olur ve işlerini kolaylaştırır. Dua güzeldir. İnsanın kalbinin katılaşmasını engeller. Çokça dua eden insanlar genelde sözüne sadık ve güvenilir, dua etmeyi bilmeyen insanlar ise genelde yalancı ve güvenilmezdir. Çokça dua edin. Bir insan Allah'a el açmışsa başka kimseye el açmasına gerek yok demektir. Çünkü dua yüzüne kapanan tüm kapıları açabilecek güçtedir. Öyle ya Allah her şeye gücü yetendir. Duanın gücüne inan. Duayla yola çıkan asla yolda kalmaz. Çünkü Allah kendine emanet edilenleri asla sahipsiz bırakmaz.

Unutma, dua insanı Allah'a yakınlaştırır. Allah'a yaklaşan insan kötülüklerden uzaklaşır. Ve kötülükten uzaklaşmış bir insan kendini iki dünyada da kurtarmış olur. Öyleyse dua et.

Tövbe

Tövbe, insanın yaptığı hatalardan ötürü pişman olması, günahlarından sıyrılıp kendine gelmesi, Allah'tan af dilemesi ve yüceler yücesi Allah'ın büyüklüğünü kabullenmesidir. Tövbe eden bir insan yaptığı hataları fark etmiş, onları düzelteceğine dair Allah'a söz vermiş ve her ne olursa olsun bir daha bu hataları yapmayacağına dair yemin etmiş demektir.

Çokça tövbe edin. Çünkü tövbe temizliktir. İnsanın yanlış insanlar ya da çevreler yüzünden yapmış olduğu hata ve işlemiş olduğu günahlarından ötürü kirlenmeye başlamış kalbini, o günahlar kaybolup gidinceye kadar korur ve temizler. İnsanı Allah'ın sevmediği eylem ve düşüncelerinden kurtarıp, Allah'ın hoşlandığı ve razı geldiği güzel ve helal olan şeylere yöneltir. İşte bu yüzdendir ki Allah, hata yapıp bu hatadan ötürü içten ve samimiyetle tövbe eden kullarını, hiç hata yapmamış kullarından daha çok sever.

Bir insan günah işlediğinde Allah o insanın kalbine küçük siyah bir nokta koyar. Başka bir günah işlediğinde yine o insanın kalbine küçük siyah bir nokta daha koyar. Bu her günah işlediğinde bu şekil devam eder. Gün geçtikçe ve günah işlemeye devam ettikçe noktalar çoğalır. Ve bir gün tamamen kalbini kaplar ve katılaştırır. Eğer bir insanın kalbi tamamen kararmışsa ve katılaşmışsa o insan bir daha iflah olmaz. Bu siyah noktaları yok edebilecek tek şey tövbedir. Nasıl ki günah işlediğinde kalbine siyah bir nokta konuyorsa, tövbe ettiğinde de Allah'ın izni ile silinip gidecektir. Bu yüzden kalbini temiz tutmak isteyen çokça tövbe etmelidir.

Unutma, tövbe, Allah ile sözleşmek ve ne olursa olsun o sözünü tutmaktır. Kötülükten, günahtan ve haramdan kaçmak, Allah'a sığınmaktır. Ve tertemiz bir başlangıç için çok güzel bir fırsattır. Öyleyse tövbe etmeye devam et.

Sabır bedenin, şükür ruhun, tövbe kalbin, dua kaderin şifasıdır. Kendini her anlamda tedavi etmek isteyen, çok sabretsin, çok şükretsin, çok dua etsin ve çok tövbe etsin.

Allah'ı seven çokça sabretsin. Rahat yaşamak isteyen çokça şükretsin. İstediğine kavuşmak isteyen çokça dua etsin. Ve temizlenmek isteyen çokça tövbe etsin.

Onu Unutmak İstiyor musun?

Bir insanı unutmak için neler yapman gerektiğini sana anlatayım; Sevmek unutmaktan daha zordur. Daha çok mücadele gerektirir ve daha çok efor sarf ettirir. Bu yüzden sevmeyi başarabilen bir insan, isterse unutmayı da başarabilir. İlk önceliğin onu unutmak zorunda olduğunu "kabullenmek" olmalı. Çünkü kabullenmek yeni bir başlangıcın ilk adımlarıdır. Onun senden gittiğini ya da bir şekilde bittiğini ve hayatına devam etmen gerektiğini kabullenmelisin. Ona dair içinde tuttuğun tüm umutlardan, öfkelerden, nefretlerden, hayallerden ve hayal kırıklıklarından vazgeçmelisin. Çünkü bu saydıklarım onu sana en çok hatırlatacak ve dolayısıyla da en çok canını acıtacak şeylerdir. Ve bilmelisin ki bunların hiçbirisi sana ve hayatına yardımcı olmayacaktır.

İntikam almaya çalışmak gibi seni daha da çok çıkmaza sokacak eylem ve davranışlardan uzaklaşmalısın. İntikam ateşiyle öfkeni diri tutmaya çalışmak yerine, kendi hayatını nasıl düzene sokabileceğini düşün. Çünkü intikam almak istediğin sürece onu unutmak istemeyeceksin. Unutma, en iyi intikam onu unutmak olacaktır.

İçinde biriktirdiğin olumsuz düşüncelerden kurtulmalısın. Kendini küçümseyerek ya da başaramayacağını düşünerek bir yere varamazsın. Bu hayatta her şeyin mümkün olduğunu, birçok insanın aşk acısından kurtulup unutamam dediklerini unuttuğunu ve yepyeni bir hayat kurup mutlu olduğunu aklından çıkarmamalısın. Karamsar olmaya gerek yok. Bu kadar insan bu acıdan ve unutamam karamsarlığından kurtulabildiyse demek ki istersen sen de kurtulabilirsin. Bu kadar insan geçmişine sünger çekip yeniden başlayabildiyse demek ki istersen sen de yeni bir başlangıç yapabilirsin. Bu insanlardan hiçbir farkın yok. Onlar başarabildiyse, pek tabii sen de başarabilirsin.

Hırsını kontrol altında tutmayı öğrenmelisin. Çünkü hırsını kontrol edemediğin sürece, aklın onunla ilgili senaryolar üretmeye devam eder. Zaten kalbinden çıkaramadığın bir insanı sürekli aklına da getirerek işini daha da zorlaştırmış olursun. Sana tavsiyem; Hırsını ve inadını kendi hayatını güzelleştirebilmek için kullanabilirsin. O seni hak edemeyip hayatında tutamadıysa, sen de seni hak edecek temiz insanlarla daha güzel bir hayat yaşayabilirsin. Kararlı olmalısın. Onun için üzülmeye değmeyeceğini, şu yaşadıklarının hiçbirini hak etmediğini, oturup bekleyerek hiçbir şeyin düzelmeyeceğini ve karalı olursan Allah'ın mutlaka sana yardım edeceğini unutmamalısın. "Ben bunu hak etmedim." karamsarlığından kurtulmalısın. Ben bunu hak etmedim deme. Allah'ın bir bildiğinin olduğunu, demek ki bunları yaşaman gerektiğini, kimseye hiçbir şey kaybetmediğini ve Allah bunları yaşamana müsaade ettiyse, ileride mutlaka sana fayda sağlayacağını bilerek hayatına devam etmelisin.

Şu açıdan da bakabilirsin, Allah'tan hayırlısını istedin, Allah da sana hayırlısını nasip etmek için, hayırsızları hayatından çıkardı. Bu tabii ki birinci aşamaydı. Sen onu unutmaya karar ver ve mücadeleni sürdür. Allah bir gün mutlaka seni mutlu sona da ulaştıracaktır. Unutma, kendinden başka gidebileceğin bir yer daha yok. Bu yüzden hayatını kendine yakışır bir şeklide yaşa. Ve daha güzel bir hayat için onu unutmak zorunda olduğunu unutma.

Başkalarına Göre Değil, Kendine Göre Yaşa

Bir insanın mutlu olmasını engelleyen en önemli şey beklentilerini ve yaşantısını kendine göre değil de çevresine göre belirlemek zorunda kalmasıdır. Yaşamak istedikleri için "Bu beni mutlu eder mi?" diye düşünmek yerine "El âlem ne der?" diye üzerine gereksiz baskılar kurarak, kendini istediği şeylerden uzaklaştırıp, etrafındaki insanların onaylayacağı şeylere yönlendirmeye başlar. Kişinin istemediği bir hayat yaşaması onu mutlu etmeyeceği için hayatında hep eksiklikler hissedecek ve zamanla iç dünyasına doğru kapanmaya başlayacaktır. Sürekli tekrar eden baskılar dünyaya olan hevesini ve insanlara olan bağlılığını kaybettirecek ve kendini yalnızlaştıracaktır. Bu da kişiye zamanla ya çok büyük hatalar yaptıracak ya da kendinden ve diğer insanlardan nefret etmesine neden olacaktır.

Siz siz olun, kendi özgürlüğünüzü başkalarının belirlemesine müsaade etmeyin. Kendi kararlarınızı kendiniz alın ve kendi hayatınızı istediğiniz gibi yaşayın. Zaten doğrunun ve yanlışın ne demek olduğunu biliyorsanız, nelere yaklaşıp nelerden uzaklaşmanız gerektiğini de biliyorsunuz demektir. Unutmayın ki, yaşadığınız hayattan sadece kendiniz sorumlusunuz. Bu yüzden kimsenin sizi yönlendirmesine, baskı altına almasına ya da cesaretinizi kırmasına izin vermeyin. Yaşadığınız şeyler sizi mutlu ediyorsa onları yapmaya devam edin. Eğer mutlu etmiyorsa kimseyi dinlemeden onlardan vazgeçin.

Unutmayın, bugün mutluluğunuzu eleştirenler, yarın mutsuzluğunuzu paylaşmayacak insanlardır. Bu yüzden size tavsiyem, kimin ne dediğine göre değil, kendinizin ne istediğine göre yaşayın. Böylece kaybetseniz dahi sadece kendiniz için kaybetmiş olacaksınız.

Kadınları Anlama Sanatı

Kadınları anlamak sanattır, herkes beceremez. Ama ben yine de size anlatmaya çalışacağım. Kadınlar ile ilgili söyleyeceğim ilk cümleler şunlar olurdu: Kadınlar öyle gizemlidirler ki, dünyanın en iyi şifre çözücülerini bağlasanız yine de onları kolay çözemezsiniz. Öyle bir saklarlar ki içindekileri, dünyanın en iyi arama ekiplerini kalplerinde gezdirseniz yine de onları bulamazsınız. Kadının her mimiğinde bir mesaj saklıdır. Onu anlamak istiyorsan; bakışlarını, ses tonunu, gülüşünü hatta nefes alış şekillerini çok iyi ezberlemek zorundasın. Mesela karşısındaki insan saatlerce derdini anlatmaya çalışıp başarılı olamazken, o bir bakışıyla her şeyi anlatmış ve koнuyu çoktan kapatmıştır. Ya da derin bir nefes alışıyla o an ki davranışlarından hoşlanmadığını ve bir an önce kendine gelmen gerektiğinin mesajını sana vermiştir. Veya bir kadın kahkaha attığında gözlerinin içinde de aynı gülümsemeyi göremiyorsan, onu içten içe sinirlendirmeye başlamışsın demektir. Anlamak gerekir! Her kadın kendini ifade edebilecek akla ve mantığa sahiptir. Ama karşısındaki insanın onu anlayabilmek için çaba göstermesi hoşuna gider. Çünkü kadınlar için ilginin ölçütü şımartılmak değil anlaşılmaktır.

Kadın her şeyi en uç noktalarında yaşar. Ya çok mutludur ya da çok mutsuz. Ya çok sinirlidir ya da çok sakin. Mesela bir kadının mutluyken ruhunun bile gülümsediğini, üzgünken ise gölgesinin bile ağladığını biliyor muydun? Bilemezsin! Çünkü kadın derdini herkesten saklayabilecek bir yapıya sahiptir. Bazen öyle şeyler yaşarlar ki; O an dünyadaki hiçbir canlı o derdi ondan sağlam taşıyamaz. Bu yüzden her erkek içinden bir kez de olsa "Buna nasıl dayanabiliyor, ben olsam dayanamazdım." demiştir.

Bazı erkekler kadınların onlara olan sevgilerini kıskançlık derecelerine göre ölçmeye çalışırlar. Bu çok yanlış! Çünkü sen bir kadını kıskandırmaya çalıştığında, o kadın eskisi kadar değer görmediğini düşünmeye başlayacaktır. Ve eskisi kadar değer görmediğini düşünen kadının karşısındaki insana olan ilgisi ve sevgisi günden güne azalacaktır. Kadını bir çiçek gibi düşünün. Onu her kıskandırmaya çalışmanız bir yaprağını koparmanız demektir. Yani bir kadını sürekli kıskandırmak kaybetmek için yeterli bir sebeptir. Bu yüzden onu kıskandırmak yerine aklını, kalbini ve güvenini rahatlatacak bir alan açmak sizin yararınıza olacaktır.

Kadınlar ekmek gibidir. Kıymet bilene nimet, bilmeyene kolay lokma gibi görünürler. Değerini bilen adam onu asla yere düşürmez, öper ve başının üzerinde taşır. Değerini bilmeyen ise doyunca bir kenara atabileceğini sanır. Bir kadın seni o kadar çok sever ki, zamanla kibirlenmeye başlarsın. Ve o kadar ilgilenir ki seninle, zamanla şımarıp mutluluğa doyarsın. Ancak kadın bu kibir ve şımarıklığını hissettiğinde öyle bir gider ki buğday tarlası olsan o lokmaya muhtaç kalırsın.

Unutma, anlaşılamayan her kadın, yitirilmiş bir aşk demektir. Bu yüzden sen sen ol, önce kadını anlamaya çalış.

Sen Yeter ki "Allah" De

Bir insan "Allah" dediğinde, yaradan mutlaka onun isteğine cevap verir. O insan o an ne kadar zor durumda olursa olsun, kendini ne kadar çaresiz hissederse hissetsin Allah onu asla yardımsız bırakmaz. Eğer senin de büyük bir derdin varsa yardımını Allah'tan iste. İsteğin o an için ne kadar imkânsız olursa olsun, sen yeter ki inanarak "Allah" de…

Farz et ki uçurumun kenarındasın. Sağın solun boşluk, gidebilecek bir adım daha yolun kalmamış. Korkuyorsun, çaresizsin, yorgunsun. Kapadın gözlerini "Düşürme beni ya Rabb'im." dedin. Allah seni bırakır mı sanıyorsun? Ya da farz et ki dertlerinle dolu bir savaşın ortasındasın. Sağın boş solun boş, yardım edebilecek kimse kalmamış. Yalnızsın, dayanamıyorsun, kaybetmek üzeresin. Açtın ellerini semaya "Mağlup olmama izin verme Allah'ım!" dedin. Allah yenilmene izin verir mi sanıyorsun? Korkma, kaybetmeyeceksin! Ne kadar çetin geçerse geçsin hayatın, ne kadar zor olursa olsun sınavın yine de yenilmeyeceksin. Çünkü senin hiç bilmediğin bir ordun daha var. Mesela, Allah diyen bir dilin, Allah'a sonsuz inanan bir kalbin ve sadece yaradana emanet ettiğin bir kaderin…

Üzülme, yalnız değilsin! Sen her "Allah" dediğinde kaderin yaradana yalvarıyor senin için. Sabrettiğine şahit olan ağaçlar yalvarıyor. Dualarını işiten karıncalar, gözyaşlarını gören melekler yalvarıyor. Sen her "Allah'ım yardım et!" dediğinde, melekler senin için sıraya giriyor. Karamsar olma! Sen her Allah'a dua ettiğinde arşıâlânın kapıları senin için açılıyor, kaderin içeri alınıyor, Allah kaleme emrediyor ve senin için tertemiz bir kader yazılıyor. Sakın kendini yalnız hissetme. Çünkü sen her ne kadar göremesen de herkes senin iyiliğin için koşuşturuyor.

Umutsuz olma! Hata yaptığın hâlde bile tövbe kapılarını kapatmayan Allah, güzel şeyler yaşamak için çıktığın yollarını neden kapatsın? Ya da inancı olmayan insanların dahi işlerini kolaylaştıran Allah, seni neden zorda bıraksın? Sakın üzülme! Allah seni terk etmedi. Çekmiş olduğun acılardan, seni yüz üstü bırakanlardan ve üzerine atılan iftira ve yalanlardan haberdar. Senden sebeplenmeye çalışanları, üzerine oynanan oyunları, kirli çıkar ve menfaatleri biliyor ve görüyor. Sen hiç canını sıkma. Allah öyle büyük ki gün gelecek hepsinin kirli emel ve planlarını tersine çevirecek. Senden alınanları tek tek ayağına getirtecek. Canını yakanların boynu bükülecek ve hesapları en ağır bir şeklide görülecek. Ve sen de tüm bunların karşılığında öyle güzel şeyler yaşayacaksın ki senden vazgeçen, seni kaybeden ve sana ihanet eden herkes özenerek seyredecek. Yeter ki sen "Allah" de ve O'nun için sabret...

Siz isteklerinizi dualara dökün.
Sonrası zaten Kün fe yekûn.

Mevlânâ'dan Nasihatler

Hayatını insanlığa vakfeden, aşkın ve Hakk'ın en inceliklerine kadar inip bizleri aydınlatan, sözü güzel, gönlü güzel Mevlânâ hazretlerinin insana nasihat eden, okudukça içine işleyen ve umudunu tazeleyen on nasihatini sizlerle paylaşmak istiyorum:

1. Üzülme! Çünkü Yaratan umudu en çaresiz anlarda yollar. Unutma, yağmurun en şiddetlisi en kara bulutlardan çıkar. Ve bazen bitmek bilmeyen dertler yağmur olup üstüne yağar. Ama unutma ki gökkuşağı yağmurdan sonra çıkar.
2. Kötü bir döneme girdiğinde ve her şey sana karşı gibi göründüğünde bir dakika bile dayanamayacakmışsın gibi geldiğinde sakın pes etme. Çünkü işte orası gidişatın değişeceği yer ve zamandır.
3. Küle döndüysen yeniden güle dönmeyi bekle. Ve geçmişte kaç kere küle dönüştüğünü değil, kaç kere yeniden küllerin arasından doğrulup yeni bir gül olduğunu hatırla.
4. Niye üzülüp ağlarsın can? Bırak sevmeyen gitsin. Dua et Rabb'im seni terk etmesin. İşte O terk ederse gerçekten bitersin. Üzülme ey can; Doğruysan zarar gördüm deme. Bil ki iyiler mutlaka kazanır.
5. Sen çiçek olup etrafa gülücükler açmaya söz ver. Toprak olup seni başının üzerinde taşıyan bulunur.
6. Dilini terbiye etmeden yüreğini terbiye etmeli insan. Çünkü yürekte ne varsa dilden o çıkar.
7. Mutluyum! Çünkü yol yakınken dönüşlerim var. Huzuruma şaşırmayın! Çünkü yarı yolda duranlardan koşar adım gitmişliğim var. Kızmayın aşktan caymışlığıma, benim karşıdan tanımama gibi bir özrüm var. Gelsin hayat bildiği gibi, elinde ne varsa hayata dair, ötesi hiçbir şey ya da vesair, gerisi misafir!

8. Derdimi seviyorum. Biliyorum ki derdimi veren de beni seviyor. Seven sevdiğinin nazını ölçüyor. Sevilen çekmesin de neylesin…
9. Gözünün gördüğünü gönlünün gördüğüne değişirsen eyvallah. Gönlünün gördüğünü gözünün gördüğüne değişirsen eyvah eyvah!
10. Ne kadar az yüksekten uçarsan düştüğün zaman o kadar az incinirsin. Kibri bırak, alçak gönüllü ol.

Mevlânâ derin bir okyanustu. Biz yazarlar ise sadece damlalarıyız. O, koca bir çınar ağacıydı, biz ise sadece yapraklarıyız… Rabb'im hepimize Hz. Mevlânâ yüreği ve onun gibi görebilmeyi nasip etsin.

"Sevgide güneş gibi ol, dostlukta ve kardeşlikte akarsu gibi ol, hatalarını örtmede gece gibi ol, tevazuda toprak gibi ol, öfkede ölü gibi ol, her ne olursan ol, ya olduğun gibi görün ya da göründüğün gibi ol."

Hz. Mevlânâ

"İmana aşk için Mevla'yı İnsana aşk için Mevlânâ'yı dinlemelisiniz."

Ah Nefsim Ah!

Ey benim başa çıkmakta zorlandığım nefsim,
Yeter artık boş şeylerle oyalanma.
Bu kadar kolay günaha dalma.
Bu dünyayı başıboş sanma.
Aldığın nefesin bile bir sahibi var.

Ey benim günahla yarışan nefsim;
Sana güvenenleri sakın kandırma.
Şu yorgun bedene ah aldırma.
Kimseler görmüyor sanma.
Attığın adımın bile bir takipçisi var.

Ey benim kibirle yıkanmış nefsim;
Sakın kimselere tepeden bakma.
Seni sevenlerin canını yakma.
Kimseler bilmez sanma.
Her şeyi duyabilen bir dinleyici var.

Nefsine hâkim olmak, ateşi elinde tutmak kadar zordur. Allah herkese nefsine hâkim olabilmeyi nasip etsin.

Değer Verdiğin İnsanları Kolay Kaybetmek İstemiyor musun?

İnsanın kendine yaptığı kötülüğü kimse yapamaz derler ya doğru! Aslında ne yapıyorsan kendine yapıyorsun. Seni hak etmeyen insanları seviyorsun, onlara çabuk inanıyor ve güveniyorsun, hak etmedikleri halde mücadele edip mutlu olmaları için elinden geleni yapıyorsun. Hata yaptıklarında hesabını sormak yerine sahiplenmeye devam ediyorsun. Ve onlar bu sevgi ve bağlılığın verdiği şımarıklık ve kibirle arkalarına bile bakmadan gidiyorlar. Sen de arkalarından üzülüp yas tutup, hayata küsüyorsun. Onlar başka yerlerde mutlu mesut yaşarken, sen depresyona girip yalnız kalıyorsun.

Şöyle dön bir bak arkana. Seviyorum deyip katlandığın şeyler sana ne kazandırdı? Ya da onu kaybetmek istemiyorum diye düşünüp görmezden geldiğin şeyler seni mutlu edebildi mi? Seni üzen şeylere bir bak! Hepsinin içinde haddinden fazla değer verdiğin ya da aşırı derecede ilgi gösterdiğin insanların izlerini göreceksin.

Değer verdiğin insanları kolay kaybetmek istemiyorsan, sevgine bir sınır koymayı ve her ne olursa olsun o sınırın dışına çıkarmamayı öğrenmelisin. Fazla ilginin insanları kolay şımarttığını, aşırı derecede anlayışlı olmanın daha çok üzerine gelmelerine sebep olduğunu ve söyledikleri her şeye kolay inanmanın onları daha rahat yalan söylemeye iteceğini aklından çıkarmamalısın.

Unutma, haddinden fazla değer verdiğin her insan bir gün haddini aşacak, seni o taşkınlığın içine atacak ve sen çaresizce kendi sevginin içerisinde boğulmaya mahkûm kalacaksın. Sen sen ol, kimseye haddinden fazla değer verme.

Sevildiğine İnanan İnsanlar Yorulmazlar

Kendini yorgun hissediyorsun değil mi? Bedenin, kalbin hatta düşüncelerin bile yorgun. Kendini kapatmışsın, her şeyi boş vermişsin ve hiçbir şey yapacak halde değilsin değil mi? Peki, neden biliyor musun? Çünkü yanlış insanlara iyi ki yanımdasın demişsin. Yanlış insanlar için mücadele etmişsin. Ve yanlış insanlar için zamanını ve enerjini tüketmişsin. Unutma; senin için bir adım dahi atmayan insanlara koşarak gitmen demek, kendini boşu boşuna yormaktan başka bir şey değildir. Hatta öyle ki, seni mutsuz eden insanlara tahammül etmen bile yorulman için yeterlidir. Sana tavsiyem, enerjini gerçekten sevgine layık olabilen insanlar için harca. Çünkü insana; yorulduğunda dinlenecek bir omuz, düştüğünde uzanacak bir çift el ve onu her durumda anlayabilecek temiz bir kalp lazımdır…

Kaybetme korkusuyla yaşama. Çünkü kaybetme korkusuyla yaşadığın sürece yerli yersiz panikler yapıp, hayatını zora sokup, yaşanmaz ve içinden çıkılmaz bir hale getirirsin. Acı çekerim ya da yalnız kalırım düşüncelerine kapılıp boş yere telaş yapma. Çünkü bir insanın yokluğu, yanında olup seni tüketmesinden çok daha iyidir. Unutma; Bir insanın yokluğunu kabullenmek, varlığını düzeltmeye çalışmaktan daha kolay olacaktır.

İnsanı dinç tutan şey ilgi ve alakadır. Bir insan çok yorulmuşsa şayet, hayatında ki insanların ona verdikleri değerin azaldığına şahit olmuştur. Çünkü ben bugüne kadar, sevildiğine inanan bir insanın yorulduğunu görmedim.

Ya Kırdığın Kalbi Allah Seviyorsa?

Sizi seven ve size iyilik yapan insanların ahını almayın. Üzerinize ağır gelir taşıyamazsınız. Size güvenen insanları sırtından vurmayın. Sonuçları çok acı olur, katlanamazsınız. Sizin mutluluğunuz için çaba gösteren insanlara nankörlük yapmayın. Onları üzer ve bir daha mutlu olamazsınız. İnsanları hata ve kusurlarından ötürü kınamayın. Döner üzerinize yapışır, bir daha çıkaramazsınız.

Sakın ola ki kaderinize küsmeye ya da isyan etmeye kalkmayın. Allah gücenir ve onu bir gün mumla ararsınız. Size yapıldığında hoşlanmadığınız, tepki gösterdiğiniz ya da ayıpladığınız şeyleri bir başkasına yapmayın. Birine karşılık vermeden önce empati yapın, aynaya bakın, ölçün, tartın ve ona göre davranın. Karşınızdaki insan size kusurlu davranmış olabilir. Hemen alevlenip tüm köprüleri atmayın. Ona hatalı olduğunu anlatmaya çalışın. Eğer anlamıyorsa daha sade ve anlaşılabilir bir dille anlatmaya çalışın. Eğer hâlâ anlamamakta ısrar ediyorsa ondan sessizce uzaklaşın. Ama her ne olursa olsun; Haklı da olsanız, kırgın ya da sinirli de olsanız insanları kırmayın ve onların gözyaşlarının sebebi olmayın. Çünkü sizin kırdığınız ya da üzdüğünüz o kalbi Allah seviyor olabilir. Bunu hiç aklınızdan çıkarmayın.

İnsan kırmak kolaydır.
Asıl marifet kırıldığında da insan kalmaktır.

Sabret! Seni Düştüğün Kuyudan Çıkaracak Allah Var!

Hayat bazen seni bazı şeylerden eksik bırakabilir. Üzerine yüklenerek gücünü kaybetmene neden olacak bazı sıkıntılar yaşatabilir. Sen o an var gücünle herhangi bir problemi çözmeye çalışırken başka bir yerden başka bir problem patlak verebilir. Bazen de her şey üst üste toplanıp, azgın bir sele kapılmışçasına üzerine doğru gelir. İnsan böyle durumlarda umutsuzluğa kapılıp, hiçbir şeyi düzeltemeyeceğini düşünüp pes etmek ve dertlerin arasında kaybolup gitmek ister. Ama sen sakın böyle düşünme. Ve asla vazgeçme!

Unuttun mu? Ne zaman pes etmek istesen Allah sana yeni yollar açtı. Ne zaman boğulduğunu hissetsen, sana taze nefes olacak sebepler yarattı. Ne zaman için daralsa, güzel dualarla gönlünü ferahlattı. Adını, yerini hatta her şeyi unuttuğun anlar oldu. Ama yine de sana kendini hep hatırlattı. Korkma! Fırtına ne kadar şiddetli olursa olsun, eğer Allah'ın belirlediği yöne doğru gidiyorsan yıkılmazsın. Sıkıntıların ne kadar büyük olursa olsun, dertlerin ne kadar vurursa vursun, eğer Allah'a sığınmışsan, korkma yok olmazsın. Yeter ki sen yanlış tarafta durma ve Allah'tan başka hiçbir şeyden medet umma. Sabret! Düştüğün kuyu ne kadar derin olursa olsun, Allah seni oradan çıkaracak ve gideceğin yere sağ salim varmanı sağlayacaktır.

Sabret! Dünyayı iğne deliğinden geçirebilen Allah, elbet seni de feleğin çemberinden geçirecektir.

Mutlu Olmak İstiyor musun?

Mutlu olmak istiyor musun? O zaman zaaflarını kimseye gösterme. Bir şeyi ne kadar çok istersen iste ama kimseye çok istediğini belli etme. Çünkü zaaflarını gösterdiğin ya da belli ettiğin herkes ama istisnasız herkes bunları sana karşı koz olarak kullanacaktır. Kimseye bu fırsatı verme! Seni her buyur edenin kapısını çalma. Her önüne gelene kapılarını açma.

Güvendiğin ve inandığın kapıları çalmaktan korkma. Ama açılmayan kapılarda da ısrarcı olma. Çünkü açılması için ısrar ettiğin her kapı bir gün muhakkak yüzüne kapanacaktır, unutma. Mutlu olmak istiyorsan, seni kaybetme korkusu olmayan insanları hayatından uzaklaştır. Çünkü seni kaybetme korkusu olmayan bir insan seni mutlu etmek için çaba göstermez. Seni ve hayatını önemsemediği için isteklerinle ve seni neyin mutlu edeceği ile pek ilgilenmez.

Mutlu olmak istiyorsan; öyle bir sınır çiz ki kendine, yalnızca seni gerçekten sevecek ve mutlu edebilecek insanlar içeri girebilsinler. Ve sen de içeri girdiğin kapıları ardına kadar açık bırak ki, içeridekiler istediğin an dönüp gidebileceğini görsünler.

Mutlu olmak istiyorsan; sana nefsiyle geleni değil, her şeyiyle gelebileni sev. Senden menfaat bekleyeni değil, seni tertemiz sevebileni sev. Seni yarı yolda bırakıp kaçanı değil, seninle ölüme bile yürüyebilecek insanları sev.

Mutlu olmak istiyorsan; acele hareket etme, çabuk kararlar verme, kimseden bir şeyler bekleme. Yalnızca Allah'a güven ve Allah'tan kendin için en hayırlı olanı iste.

Unutma, mutluluk nazlıdır, yavaş yürür. Eğer oturduğun yerden hiçbir şey yapmadan sana gelmesini beklersen, çok uzun bir süre mutsuz yaşamak zorunda kalabilirsin. Ya da acele hareket edip yanlış hamlelere veya içini göremediğin tercihlerle ona doğru ilersen, mutluluğa ulaştığını zannedip acılar içerisinde kalabilirsin. Ancak doğru zamanda, doğru yolda, doğru tercihlerle, kararlı bir şekilde ilerleyebilirsen, işte o zaman mutluluğa da çabucak kavuşabilirsin.

Mutluluk, doğruyu sever aceleyi değil. Bu yüzden acele edip yanlış kararlar vermek yerine, daha sakin ve olgun düşünüp kendin için en doğru olanı bulmalısın. Unutma, her zaman için doğrular seni mutluluğa, yanlışlar ise acı ve pişmanlığa götürecektir. Sen sen ol, mutluluğun için doğru yoldan ayrılma.

Mutluluk insanın Rabb'inden razı olması değil midir?
Öyleyse mutsuzum deyip Allah'ı gücendirme.

Allah Bizi Seviyor. Peki, Biz Allah'ı Sevebiliyor muyuz?

Bir iş yerinde çalıştığını düşün. İş yerini zamanında açmadığını, patronunun emirlerine uymadığını, işin içeriğine uygun davranmadığını ve hatta kasadan para çalarken yakalandığını düşün. Sence patronun sana ne kadar tahammül edecektir? Bir gün, iki gün, üç gün? Kısa bir sürede senden umudu kesecek ve seni kapının önüne koyacaktır değil mi? Ama Allah öyle mi? Emirlerine uygun davranmadığımız hâlde, yine de bizi cezalandırmıyor. İbadetlerimizi zamanında yapmadığımız hâlde yine de bize her seferinde bir şans daha veriyor. Zamanımızı O'nun istediği gibi değerlendiremediğimiz hâlde yine de canımızı almıyor. Allah bizi önemsiyor. Peki, biz Allah'ı önemseyebiliyor muyuz?

Bir arkadaşına sürekli hata yaptığını düşün. "Uzak dur." dediği şeylere yakınlaştığını, yakınlaş dediği şeylerden kaçındığını, yap dediği şeyleri yapmadığını, yapma dediği şeyleri ise sürekli yaptığını düşün. Sence bu arkadaşın sana ne kadar tahammül edebilir? Bir ay, iki ay, üç ay? Fazla bir süre tahammül etmeyecektir değil mi? Ama Allah öyle mi? Her gün birçok hata yaptığımız hâlde yine de bize sırtını dönmüyor. Emirlerine uymadığımız hâlde yine de bize sabrediyor. Yasakladığı şeylerden kaçınmadığımız halde yine de rızkımızı kesmiyor. Allah bizi seviyor. Peki, biz Allah'ı sevebiliyor muyuz?

Bir suç işlediğini düşün. Karşılığında seni ceza evine koyarlar değil mi? Pişmanım bir daha yapmayacağım desen seni dışarı çıkarırlar mı? Daha iyi bir insan olacağım, daha dikkatli yaşayacağım desen özgürlüğünü sana geri verirler mi? Vermezler! Pişman olsan da olmasan da cezanı çekersin değil mi? Ama Allah öyle mi? Yaptığımız hatalardan pişmanlık duyup bir daha yapmayacağımıza dair Allah'a söz verdiğimizde bizi affedecek ve bize daha iyi ve dikkatli yaşayabilmemiz için yeni bir şans daha verecektir. Allah bize merhametiyle yaklaşıyor. Peki, biz buna layık olabiliyor muyuz?

Aileni düşün. Anneni, babanı, eşini, sevdiklerini Sana ne kadar tahammül edebilirler? Onlara karşı gelsen, onları sürekli üzsen, sinirlendirsen, onaylamadıkları şeyleri yapmakta ısrar etsen, yaptıklarına ne kadar dayanabilirler? İki yıl, beş yıl, on yıl? Ailen bile olsa, onları sürekli üzecek ya da utandıracak şeyler yapmaya devam ettiğinde, sana bir gün sırtlarını dönecek ve belki de seni evlatlıktan reddedeceklerdir. Ama Allah öyle mi? Ailemizin bile bir gün bize sırtını dönebileceği bu dünyada, en ağır günahlarımıza bile yalnızca Allah tahammül edebiliyorsa, bize de en çok Allah'ı sevmek ve O'na yakınlaşmak yakışır. Şöyle bir düşün. Bugüne kadar sana Allah'tan daha merhametli yaklaşabilen bir insan oldu mu? Ya da seni Allah'tan daha çok önemseyen veya Allah'tan daha çok affedebilen bir insan oldu mu? Olmamıştır! Çünkü hiç kimse seni Allah kadar çok sevemez ve önemseyemez. Bu yüzden sen sen ol, En çok Allah'ı sev, en çok Allah'a inan ve en çok Allah'a güven.

"Allah sana herkesten daha çok sabreder. Yeter ki sen O'na karşı sabırsızlık etme."

Yaşattıklarını Yaşamadan Ölmez İnsan

"Yaşattıklarını yaşamadan ölmez insan." Bu sözü duyduğumuzda ya da bir yerde okuduğumuzda aklımıza hemen kötü insanların yaptıkları ve bir gün cezalarını çekecekleri düşüncesi gelir. Hâlbuki bu söz sadece kötü insanlar için söylenmemiştir. Aynı zamanda iyi ve dürüst insanlar için de geçerlidir. Ve onlarda mutlaka yaşattıklarını yaşamadan ölmeyeceklerdir. Yani bir insan başka bir insanın mutluluğuna sebep olmuşsa, onun iyiliği ya da mutluluğu için herhangi bir şey yapmışsa mutlaka ama mutlaka karşılığını alacaktır. Çünkü ilahi adalet sadece kötü insanların cezalarını çekmeleri için değil aynı zamanda iyi insanların yaptıkları iyiliklerin karşılığını almaları için de geçerlidir. Hatta öyle ki bırakın bir insanın bir insana yardım etmesini ya da bir problemini çözmesini, yolda gördüğü herhangi bir sokak hayvanının tüylerine yapışmış bir dikeni dahi çıkarsa, onun dahi karşılığını alacaktır.

İnsan dünyada karşılığını almayacağı hiçbir şey yaşamayacaktır. Yaptığı ve yapacağı her şey ona ödül ya da ceza olarak geri dönecektir. İyiye iyi, kötüye kötü mutlaka karşılığını görecektir. Bu yüzden sana tavsiyem, iyi olmaktan ve iyilikler yapmaktan hiçbir zaman vazgeçme. Sana kötülükte yapılsa sen onlara karşılık verme. İyiliği sev, iyiliği yay ve karşılıklarını yalnızca Allah'tan bekle.

Sakın şu hataya düşme: "Ben iyi bir insanım, iyilikler yapıyorum, insanlara yardımcı oluyorum ama karşılıklarını alamıyorum." diye düşünme. Allah sonsuz adalet sahibi ve bitmek tükenmek bilmeyen hazinelerin yegâne malikidir. Mutlaka karşılıklarını vermiştir ya da verecektir. Belki yaşayacağın feci bir kazayı engellemiştir. Belki hayatının sonuna kadar seni yatağa mahkûm edecek bir hastalığı defetmiştir. Belki de kaderine ilave edip gelecekte yaşamanı nasip edecektir. Sen bilmezsin ama Allah bilir. Bu yüzden şeytanın vesveselerine inanıp da karamsarlığa düşmek yerine, Allah'ın adaletine güvenip kalbini bozmadan yaşamaya devam etmelisin.

Unutma, eğer Allah iyiliklerin ve güzelliklerin karşılığını vermeyecek olsaydı cenneti yaratmazdı. Cennet varsa, iyilik ve güzelliklerin de bir karşılığı var demektir.

İyi bir insan olmak karakter meselesidir.
İyi bir insana denk gelmek ise tamamen nasip…

Bir Gün O İstediğin Hayatı Yaşayacaksın

Moralini bozma. Hayatın her ne kadar olumsuzluklarla ilerlese de bir gün hepsi bitecek ve iyi günler yaşamaya başlayacaksın. Bugün seni üzen ve yoran şeyleri belki de yarın hatırlamayacaksın. Şuan ne kadar uzak görünürse görünsün, ne kadar geç kaldığını düşünürsen düşün bir gün o hayatı yaşayacaksın.

Hiç kimse dünyaya sonsuza dek üzülmek ya da sıkıntı çekmek için gelmemiştir. Başkalarının bozduklarını, yıktıklarını tek başına toparlayamıyorsan, elbet Allah bir gün sana da yardım edecektir. İçin rahat olsun. Şu an yaşadığın tüm bu sıkıntıları ve dertleri, Allah bir gün senin için mutluluklara çevirecektir.

Güzel şeyler yaşamak istiyorum, bunlar için çokça dualar ediyorsun ama hayatında herhangi bir değişiklik olmuyor değil mi? Seni bu sıkıntılardan kurtaracak bir ışık, bir işaret görmek istiyorsun ama şuana dek herhangi bir işaret göremedin değil mi? Karamsar olma! Her istediğimiz hemen olacak diye bir şey yok. Olmuyor diye hemen olumsuz şeyler düşünme.

Belki daha sınavın bitmemiştir. Belki hayatın şu an buna hazır değildir. Belki de bugün olması sana hayır getirmeyecektir. Unutma, Allah merhametlidir. Belki yavaşlatacaktır, belki bir miktar daha erteleyecektir. Ama sonunda mutlaka istediğini sana verecektir.

Üzme kendini. Bazı şeyler gecikince daha çok mutlu eder insanı. Eğer Allah geciktiriyorsa mutlaka senin yararına olacak bir sebebi vardır. Sen sabırla bekle ve geleceğini Allah'a emanet et. O seni asla sahipsiz ve yardımsız bırakmayacaktır.

Üzülme. Sıkıntılar bir gün biter. Bugünler de gelir geçer.
Sen Allah'tan istemeye devam et. O'nun her şeye gücü yeter.

Biz Kendimizden Vazgeçsek, Sen Bizden Vazgeçme Allah'ım

Allah'ım, biz kırık kalpleriz, kötüyü bilmeyiz, fenalığı görmeyiz. Sen bizi, bize zarar verecek insanlardan koru. Yolumuzu aydınlat ki bir daha düşmeyelim. Göğsümüzü genişlet ki senden umut kesmeyelim. Kaderimizi temizle ki bir daha yanlış insanlarla görüşmeyelim. Allah'ım, biz yalnızca sana güvenen ve yalnızca senin için sabır gösteren insanlarız. Sen bizleri üzüntüden, kederden, borç yükünden ve insanların çirkinliklerinden koru. Yalandan ve yalancılardan, fitneden ve fesatçılardan, günahtan ve günahkârlardan bizleri uzaklaştır.

Allah'ım, öfkenden ve cezandan sana sığınırız. Rızanı ve affını bizlere de nasip eyle. Kirlenmiş kalplerimizi merhametinle temizle. Kaderimizi bize sevdir. Hakkımızda hayırlı olanları ömrümüze ekle. Ve o en dehşetli günde bizlere de kurtulanlardan olmayı nasip eyle. Biliriz, sen sevdiğin kullarını sıkıntılarla denersin. Yarabbi sıkıntı verme demek ne haddimize, Sen sıkıntılara dayanma gücü ver bize. Dertlerimiz dayanılmaz noktalara geldiğinde, gücümüz yavaş yavaş tükendiğinde, biz kendimizden vazgeçtiğimizde, Sen bizden vazgeçme Allah'ım. Sıkıntılarla baş başa kaldığımızda, dert deryalarıyla boğuştuğumuzda, etrafımızda kimseleri bulamadığımızda, sen bizi yalnız bırakma Allah'ım.

Ya Rabb'im, umudumuza yeni tohumlar ektik, sen onları kimselere ezdirme. Her ne varsa hepsini geçmişte bıraktık, Sen bizi geri döndürme. Yeni bir başlangıç istiyoruz, sen bunu bize çok görme. Ve bizi iyi insanlarla denk getir, kötülere muhtaç etme. Âmin!

Kadın "Aşk nedir?" diye sordu adama
Adam "Aşk, senin sendeki farkındır." dedi
"Nasıl yani?" dedi kadın
"Sen aynaya bakınca şiir yazabiliyor musun?"
“Hayır."
"Ama ben sana bakınca yazabiliyorum.
İşte senin sendeki farkın, bendeki aşkındır."

İnsan Eksilmez, Fazlalıklarını Döker Sadece

Kaybettiğini düşünüyorsun değil mi? Kendine yazık ettiğini, bu kadar mücadelenin boşa gittiğini ve onca uğraşlarına rağmen yine de yenildiğini düşünüyorsun. Mutluluğun çok çabuk bittiğini, hayatın sana acımasızca ihanet ettiğini ve bu kadar kolay kaybetmeyi hak etmediğini düşünüyorsun değil mi? Yanlış düşünme. Kaybetmedin! Çünkü bir şeyi kaybetmek için önce ona sahip olmak gerekir. Sen kaybettiğini düşündüğün şeylere ne kadar sahiptin ki? Onlar seni ne kadar mutlu ediyorlardı? Zor zamanlarında ne kadar yanındaydılar ve sana ne kadar sahip çıktılar? Aslında hiçbir zaman senin olmamış şeyleri kaybettiğini düşünerek kendini boş yere üzüyor ve hırpalıyorsun.

Tamam, belki zor bir dönem geçiriyor olabilirsin. Kalbin bazı insanlara çok kırılmış olabilir. Hayallerin yıkılmış, umutların dağılmış hatta hayatın parçalanmaya başlamış da olabilir. Ancak bunların hiçbiri geleceğinin güzel olmayacağını göstermez. Unutma ki hayat senden bir şeyler alıyorsa yerine mutlaka çok daha güzellerini getirecektir. Çünkü hayat, düzenini devam ettirebilmesi için iyi insanların mutlaka kazanması gerekir.

Neden kendini çaresiz hissediyorsun? Bilmez misin ki Allah iyi insanları asla çaresiz bırakmaz. Eğer kaybetmene müsaade ettiyse, bu mutlaka senin göremediğin yanlışların ya da kötü niyetli insanların hayatını mahvetmelerini engellemek içindir. Allah'a güvenmekten vazgeçme. Çünkü O, her şeyi en iyi bilendir. Hayatını daha düzgün ve daha düzenli yaşayabilmen için mutlaka sana yardım edecek ve seni fark edemediğin her türlü tehlikelerden koruyacaktır.

Unutma, Allah bazen sana zarar veren parçaları senden uzaklaştırmak için dağılmana izin verir. Bu her ne kadar canını acıtsa da, doğru parçaları bir araya getirip yanlış insanlardan kurtulman için gereklidir. Sakın umutsuzluğa kapılıp bir daha toparlanamayacağını düşünme. Çünkü Allah sana zarar veren şeylerden seni temizlediğinde, eksik kalan parçalarını daha temizleriyle değiştirecek ve yeni bir hayat için seni tekrar kendine getirecektir. Ve yaşadığın tüm bu acılara karşılık olarak yeni hayatına başladığında, eksikliğini hissettiğin ya da hayalini kurduğun ne varsa sana fazlasıyla verecektir.

Her şeyin düzeleceğine inanmaktan vazgeçme. Kaybettiğini düşündüğün şeyler aslında senin kazanmak için attığın ilk adımlardır. Çünkü Allah seni güzel bir yola sevk etmeden önce, o yolda daha rahat ilerleyebilmen için gereksiz ağırlıklarını ve fazlalıklarını üzerinden dökmeni sağlar. Sen o an kaybettiğini zannedersin. Ama çok daha güzelleri kaderine yazılmıştır, bilemezsin.

Kimse kimseyi eksiltemez,
giden zaten fazlalıktır.

Ahın Allah'a Emanet

Sen iyi niyetli ve merhametli olacaksın, Allah'ın emrinden ayrılmayacaksın, o gelip seni üzecek ve hiçbir karşılık görmeyecek öyle mi? Yok öyle bir dünya! Her kim ki Allah'ın sevdiği bir insanın bir damla gözyaşına sebep olsa, ya da saçının tek bir teline zarar verse, sadece o değil bütün dünya bir araya gelse, yine de hesabını veremez. Sen bir insanı seveceksin, ona güveneceksin, onunla mutlu olmak isteyeceksin. O bunları kullanacak, canını yakacak, ahını alacak ve bir de üstüne mutlu yaşayacak öyle mi? Olmaz öyle şey! Her kim ki bir mazlumun canını yaksa, hakkına girip ahını alsa, bu insan padişah bile olsa, Allah hesabını soracaktır. Bir de hani nasıl olsa dünyada suç sayılmıyor deyip insanın duygularıyla oynayanlar var ya, işte onlar ilahi mahkemede hem de en ağır bir şekilde hesabını verecekler. Ya da nasıl olsa dünyada vicdanlar yargılanamıyor diye insanlara acımasızca davrananlar var ya, işte onlar da en adaletli mahkemede vicdansızlıklarının bedelini ödeyecekler. Sen içini ferah tut. Allah haklının hakkını kimseye zayi ettirmez. Bir insan zerre kadar bile hakkına girmiş olsa, Allah mutlaka o hakkı ondan alıp sana teslim edecektir. İster sevgilin olsun, ister arkadaşın, ister kardeşin. O insan her kim olursa olsun, insanlara hak etmediği şeyler yaşattığı için hak ettiği cezalar ona verilecektir. Çünkü Allah'ın vaadi böyledir. Sen niyetini bozmadan, kimseye kin tutmadan hayatını yaşamaya devam et. Gözün hiç arkada kalmasın. Çünkü ahın Allah'a emanet.

Ben ödediğim bedellerle yaşamaya alıştım da bakalım sen bu ahlarla ne yapacaksın?

İnsanı İnsan Yapan Et ve Kemik mi, Yoksa Vicdan ve Merhamet midir?

Ne kadar garip, insanı önce kandırıyorlar, kullanıyorlar, kimseye güvenemeyecek bir hâle getiriyorlar, sonra da "Neden bu kadar şüphecisin?" diye onu eleştiriyorlar. İnsanlar o kadar katı yürekli olmuşlar ki; karşılarında ki insanlara acımasızca davranıp, rahatlıkla hata yapıp, onu hayattan soğutuyorlar. Ve bir de üstüne kendi hatalarını onun yüzündeki yansımalarında gördüklerinde ona tahammül edemiyorlar. Kendi günahlarını başkalarına yükleyip o günaha girdikleri için kendi vicdanlarının rahatsız olmamasını umursamıyorlar. Ama günahlarını bulaştırdıkları insanlarda o izleri görünce, sanki onlara kendileri sebep olmamış gibi o insanları o izler yüzünden ayıplıyorlar. Yani kendileri kırıyorlar, kendileri döküyorlar, altında kalan insanları yine kendileri suçluyorlar.

Bir insanı suçlamadan, karalamadan ya da eleştirmeden önce onu anlamaya çalışmak gerekir. Güvendiği insanlar tarafından neler yaşadığını, inandığı insanlar tarafından nasıl aldatıldığını ya da kendi gibi zannettiği insanlar tarafından nasıl günaha bulaştırıldığını bilmeden, öğrenmeden bir insanı suçlamak acımasızlık ve insafsızlıktır. Sırf diğer insanlardan daha suskun ya da daha duygusal olduğu için geride kalan bütün yükü taşımak zorunda kalmış insanları, kendi yükleriyle yalnızlığa terk etmek insan olana asla yakışmaz.

Sorarım size, insanı insan yapan nedir? Et ve kemik midir? Yoksa vicdan ve merhamet midir? Bir insanda acıma duygusu yoksa insanlara anlayışsız ve katı davranıyorsa o insan eksik bir insan değil midir? Tek suçu sevmek ve güvenmek olan insanların yaşadıkları hayal kırıklıkları neticesinde büründükleri ruh hallerini yadırgayıp onlardan uzaklaşmak, onlara yapacağınız en büyük haksızlık olacaktır. Onlara el uzatıp tekrar yaşama tutunmalarına yardımcı olmak varken, ben düşürmedim ki deyip görmezden gelirseniz, bunu onlara yapan insanlardan bir farkınız kalmayacaktır. Kötü bir insan olmayın. Vicdan ve merhametinizden taviz vermeyin. İnsanların yıkıntılarına bakıp kendinizi büyük görmeyin. Zira nasıl bir fırtınaya maruz kaldığını bilemezsiniz. Ya da insanların içine kapanıklıklarıyla dalga geçmeyin. Zira içinde ne kadar büyük dalgalarla boğuştuğunu tahmin edemezsiniz. Hiç kimse hayatından öyle kolay vazgeçmez. Eğer bir insan hayattan soğumuşsa, mutlaka hayırsız bir insan onun yaşama sevincini öldürmüş demektir. Ona tepeden bakmak ya da onu aşağılamak yerine, ona iyi davranarak, onu kucaklayarak tekrar hayata döndürmek insani ve vicdani bir sorumluluktur.

Unutmayın; bizler hâkim değiliz. Bu yüzden insanları yargılamak yerine onları anlamaya çalışmak, hüküm vermek yerine yüklerini paylaşmalıyız. Bir darbede biz vuralım mantığıyla hareket etmek, düşmüş deyip bir tekme de biz atalım düşüncesiyle yaklaşmak, doğru bir davranış olmadığı gibi aynı zamanda günaha da girmek demektir. Bize yakışan, karşımızdakilerin insan olduğunu unutmadan, ne yaşadıklarına bakmasızın onlara yardımcı olmak, yaralarını sarmak ve onları tekrar hayata kazandırmaktır. Ve size tavsiyem, siz siz olun, size inanan insanları kandırmayın. Size güvenen insanları aldatmayın. Dünya bu kadar güzelliklere sahipken, kimseyi günahınızla yaşamak zorunda bırakmayın.

İnsan insana güvenmelidir değil,
insan insana güven vermelidir.

Seni Affetmeyeceğim!

Bana doğru söylediğinde seni affedeceğimi bildiğin hâlde yine de bana yalan söyleyip beni aptal yerine koymaya devam ettiğin için seni affetmeyeceğim. Birbirine sarılan mutlu insanlar gördüğümde bu mutluluğu bana yaşatmamanın verdiği buruklukla beni daha da perişan eden o acı his yüzünden seni affetmeyeceğim.

Yokluğunun oluşturduğu o çok acı travmaların, içimde yaşama isteğine dair hiçbir şey bırakmayana kadar beni kemirirken, buna seyirci kaldığın için seni affetmeyeceğim. Uykularıma bile engel olan o tarifsiz sızının beni günden güne esir almasına bile seyirci kalarak sana verdiğim değerin bende oluşturduğu pişmanlık hissiyatının beni daha da dibe çekmesiyle, kendimi değersiz hissetmeme sebep olduğun için seni affetmeyeceğim.

Beni, acaba beni gerçekten sevdi mi? Acaba mücadele etseydi mutlu olabilir miydik? Acaba biraz daha cesur olabilseydi her şeyi aşabilir miydik? Gibi acabalarla yaşamaya mahkûm ettiğin için seni affetmeyeceğim. Aşka kıymet verip, hayatı ve insanları bu kadar çok sevdiğim bir anda beni kandırarak, kullanarak, değer verdiğim şeylerle vurarak, bir daha hiç kimseyi sevemeyecek bir hale getirdiğin için seni affetmeyeceğim.

Ağlamama sebep olduğun için değil,
gözyaşlarımı silmediğin için seni affetmeyeceğim.

Hz. İbrahim'in Üç Büyük İmtihanı

Allahutaala Hz. İbrahim'e "Halilim" diye seslenirdi. (Halilim dostum demektir.) Melekler bu dostluğu kıskanmış olacaklar ki, Allah'ın huzuruna çıkıp "Ya Rabbi İbrahim'e 'Halilim' diye sesleniyorsunuz. Gerçekten bu mertebeyi hak edip etmediğini denemek istiyoruz." dediler. Allahutaala bildiği hâlde yine de "Nasıl denemek istiyorsunuz?" diye sordu. Melekler, "Ya Rabbi insanoğlu üç şeyden kolay vazgeçemez, canı, malı ve evladı. İzin verirseniz bu üç şey ile denemek isteriz." dediler. Allahutaala onlara "Gidin ve deneyin." diyerek izin verdi.

Hz. İbrahim önce canı ile denendi. Nemrut, Hz. İbrahim'i mancınığa yükleyip ateşe doğru fırlattığında bir melek gelip "Ya İbrahim, Allah bütün doğa olaylarını emrime verdi. İstersen kuvvetli bir rüzgâr ile ateşi dağıtayım. Ya da istersen şiddetli bir yağmurla ateşi söndüreyim." dedi. Ancak Hz. İbrahim bunu kabul etmedi. Ve o meleğe, "Allah ile aramıza girme. O, hüküm verenlerin en hayırlısıdır. Ondan gelecek her şeye razıyım." dedi. Canını sadece Rabb'ine teslim ederek ilk sınavı geçti. İkinci sınavı malı ile oldu. Allah, Hz. İbrahim'e sayısız koyun vermişti. Bir gün koyunlarını otlattığı sırada fakir bir insan kılığına girmiş bir melek Hz. İbrahim'in yanına geldi ve "Ya İbrahim, param yok, karnım aç. Bana bir tane koyun verir misin?" diye sordu. Hz. İbrahim adama; "Eğer bir kez 'Lâ İlâhe İllallah' dersen üçte birini sana vereceğim." dedi. İnsan kılığına girmiş melek gür ve güzel bir ses tonu ile "Lâ İlâhe İllallah" dedi. Bunu duymak Hz. İbrahim'in o kadar çok hoşuna gitmişti ki: "Eğer bir kez daha 'Lâ İlâhe İllallah' dersen koyunların üçte ikisini sana vereceğim." dedi. Bunun üzerine insan kılığına girmiş melek tekrar "Lâ İlâhe İllallah" dedi. Hz. İbrahim'in mutluluktan yüzünde güller açmaya başlamıştı. "Eğer bir kez daha dersen, koyunların tamamını sana vereceğim." dedi. Melek üçüncü kez "Lâ ilâhe İllallah" deyince, Hz İbrahim üzerine giydiği kepeneği (çoban kıyafetini) adama verip "Bütün koyunlar senindir." dedi ve arkasını dönüp gitti. Lâ İlâhe İllallah lafzına bütün koyunlarını feda edebilmişti. Bu yüzden ikinci sınavı da geçti.

Üçüncü ve son sınavı evladı ile olacaktı. Hz. İbrahim'in çocuğu olmuyordu Allah'a "Eğer bir oğlum olursa onu sana kurban edeceğim." diye dua etti. Allah duasını kabul etti ve Hz. İsmail'i ona verdi. Hz. İsmail belli bir yaşa gelince, Allah İbrahim'in sözünü tutmasını istedi. Hz. İbrahim Allah'ın bu isteğinden sonra Hz. İsmail'i yanına aldı ve evinden uzak bir yere götürdü. Allah'a kurban etmek için Hz. İsmail'i yere yatırdı ve başını bir taşın üzerine yasladı. Bıçağı boğazına dayadı ve "Ya Allah!" deyip hızlıca çekti. Ancak bıçak kesmedi. Tekrar denedi ama bıçak yine kesmedi. Bıçağı yanında duran taşa vurdu, taş anında ikiye ayrıldı. Bunun üzerine bıçağa bakıp, "Neden görevini yapmıyorsun?" diye sordu. Bıçak dile geldi ve "Ya İbrahim hani seni ateşe doğru fırlattıklarında Allah ateşe sadece bir kez yakma!" demişti. Bana ise "Yetmiş kez kesme!" diye emretti. Ve o sırada Allah gökten bir koç indirdi ve onu kurban etmesini istedi. Hz. İbrahim oğlunu kurban edebilmek için bıçağı birkaç kez Hz. İsmail'in boğazına çekmişti ve bu sınavı da başarmıştı. Evet, Hz. İbrahim canı, malı ve evladıyla denendi. Melekler gerçekten de Hz. İbrahim'in "Halilim" mertebesine layık olduğunu anladılar. Ve Allah'tan af dileyip, böyle bir istekte bulundukları için kendilerinden utandılar.

Ben Hz. İbrahim gibi olamam deme.
Senin sınavında kendi rütbene göre.
Eğer sende sınavı geçmek istiyorsan,
Kendini Allah'a teslim etmeyi dene.

Kime Kızacağını ve Kime Sarılacağını Bilmeli İnsan

Bazı insanlar Allah'ın onlara yardım etmediğini, gözyaşlarına ve dualarına cevap vermediğini düşünürler. Haksızlığa uğradıklarında kolayca şeytanın oyununa gelip, Allah'ın onlardan yüz çevirdiğini ve onlara haksızlık yapanlara yardım ettiğini zannederler. Başarı, sevinç ve mutlulukları sahiplenirler. Ama acı, üzüntü ve kederi kendilerince Allah'a mal ederler.

Ve sonunda şeytanın kayığına binip, isyan edip Allah'tan ümit keserler. Sakın sen onlardan olma! Bak, çok ağır şeyler yaşamış olabilirsin. Sürekli kötü insanlara denk gelmiş ve sürekli kaybetmiş olabilirsin. Hayatının büyük bir bölümü acı ve hayal kırıklıklarıyla geçmiş olabilir. Ve tüm bunların neticesinde çok ağır kayıplar vermiş ve çok büyük bedeller de ödemiş olabilirsin. Ancak dikkatli olmazsan, şeytanın vesveselerine uyup yaşadığın olumsuz şeylerin sonuçlarını yanlış yöne çekip, nedenlerini yanlış yerlerde ararsan, bunlar sana çok daha büyük zararlar verecektir. Unutma ki, bir insana annesinden merhametli yaklaşacak tek güç Allah'tır. O seni asla unutmaz, sana asla yüz çevirmez, seni asla terk etmez ve asla boş yere üzüntü çekmene izin vermez. Eğer bir insan seni kandırmışsa, kullanmışsa, duygularınla oynamışsa ve sen de tüm bunlara inanmayı seçmişsen sonucunda çektiğin acı ve yaşadığın hayal kırıklıklarını Allah'a mal etmek hiç doğru bir davranış değildir. Çünkü Allah hiç kimseye "Şu insanın canını yak, duygularıyla oyna, ona zarar ver, kandır kullan, yerle bir et." demez. Ya da "Şu insana inan, gözlerin kapalı güven, ne isterse yap." da demez. İnsanların yaşadığı her şey kendi tercihlerinden kaynaklıdır.

Şimdi sana bir örnek vereceğim; diyelim ki arabana bindin ve uzak bir yere doğru seyahate çıktın. Belli bir süre sonra biraz dinlenmek ve ihtiyaçlarını karşılamak için bir tesise yanaştın. Arabayı stop etmeden ve kapıları da açık bırakarak indin ve kendine bir kahve almaya gittin. Döndüğünde araba yerinde yoktu. Şimdi burada suçlu kim? Sen misin? Hırsız mı? Yoksa Allah mı? Eğer "Bende suç var." dersen doğru. "Hırsızda suç var." dersen doğru. "İkimizde de suç var." dersen bu da doğru. Ama Allah'tan dersen, işte bu yanlış olur. Çünkü "Allah ne sana arabayı çalışır vaziyette bırak." demiştir, ne de "Hırsıza git o arabayı çal." demiştir. Bu tamamen ikinizin seçimleri sonucunda olmuştur. İşte bazen karşılaştığımız kişiler ya da yaşadığımız ilişkiler bize zarar verdiğinde, neden onlara bu kadar çok güvendiğimizi ya da neden onların bu kadar kötü niyetli olduklarını sorgulamak yerine, Allah'ın neden bu insanları ya da bu olayları karşımıza çıkardığını sorguluyoruz. Tavizi biz veriyoruz, kötülüğü onlar yapıyor ama biz Allah'tan geldiğini düşünüyoruz. Canımızın yangını yetmezmiş gibi, bir de kendimizi çok büyük bir günahın içine atıyoruz.

Sakın hata yapma! Eğer hayatındaki olumsuzluklardan kurtulmak istiyorsan kime kızacağını ve kime sarılacağını çok iyi bilmek zorundasın. Eğer Allah'ın adaletine ve merhametine güvenip yoluna devam edersen, sen kazanırsın. Ama karamsarlığa düşüp, Allah'a küsüp bir şeylerin düzeleceğine inanıyorsan yanılırsın ve hatta kendini büyük günahlara sokarsın.

Kötü günlerin çabuk bitmesini istiyorsan sana tavsiyem; Şeytana uyup isyan etmek yerine, en acı anında Allah'a daha çok sarıl. En içinden çıkamadığın durumlarda Allah'a daha çok bağlan. Ve en tükendiğini düşündüğün anlarda Allah'a daha çok dua et...

"Hayır" Demeyi Öğrenin

Bir insana "Hayır" demek, ona karşı iradenin güçlü olduğunu ve onun seni öyle kolay kullanamayacağını ona göstermek demektir. Kendi kurallarına sahip olduğunu ve hoşlanmadığın ya da yapmak istemediğin şeyleri sana yaptıramayacağını ona net olarak belli etmektir. Bazen "Hayır" demek iyidir. Aman bu kırılmasın, aman bu darılmasın diye insanların her istediğini yapmak, yapamayacağın şeyler istendiğinde üzülmesinler diye suskun kalmak, onların gözündeki değerinin giderek küçülmesine ve bir gün tamamen yok olmasına neden olacaktır.

Sırf insanlar üzülmesin diye, seni üzecek ya da sana kendini kötü hissettirecek şeyler yapma. Hayatta her zaman kendini düşünerek hareket et. İnsanlar senden bir şey istediklerinde, bunu yapmazsam karşımdaki insanı üzer miyim diye düşünmek yerine, bunu yapmak beni mutlu eder mi diye düşünmek sana daha çok yarar sağlayacaktır. Unutma ki bazen "Hayır" diyebilmek, hem karşındaki insanın gerçek yüzünü görmeni sağlayacak, hem de seni ileride üzebilecek şeylerden koruyacaktır.

Bazı insanlar, karşılarındaki insanlar onu kötü bir insan zannetmesin ya da onlara yardım etmek istemiyor düşüncesi oluşmasın diye hayır diyemezler. Ya da "Hayır" dediklerinde onları kaybedeceklerinden korkup, kendilerini istemedikleri şeyler de olsa yapmaya mecbur hissederler. Eğer senin de böyle kuruntuların varsa onlardan bir an önce kurtul. Çünkü bir insana "Hayır" demek senin kötü bir insan olduğun ya da onlara yardım etmek istemediğin anlamına gelmez. Belki senden istediği şey senin yapabileceğin bir şey değil. Belki o isteğin sana zarar vereceğini biliyor ve ondan yapmıyorsun. Belki de o an yapmak istemiyorsun. En güzeli ona bunu uygun ve kibar bir dille anlatmak olacaktır. Zaten sen birine "Hayır" dediğinde senden uzaklaşmayı seçiyorsa, kalbin ya da duyguların için değil, menfaatleri için yanında duruyormuş demektir. Ya da senden istediği şeyin sana zarar verip vermeyeceğini umursamıyorsa, seni sevdiğinden değil, senden sebeplendiğinden yanında duruyor demektir. Ve inan bana gitmesi de hayatında hiçbir şey değiştirmeyecektir. "Hayır" demeyi öğren! Çünkü o senin insanlara uygulayabileceğin en güzel test olacaktır. “Hayır” dediğin hâlde yanında olmaya devam edenler, seni gerçekten seven ve sana değer verenlerdir. Unutma, insanlara “Hayır” demeyi öğrendiğinde, gerçekte kimlerin seni sevdiğini, kimlerin ise menfaatleri için yanında olduğunu da öğrenmiş olacaksın.

En büyük özgürlük
bir insana "Hayır" diyebilmektir.

Ey Dost

Ey dost, neden bu umutsuzluk?
Nedir seni inanmaktan alıkoyan?
Nedir sana kaybettiğini düşündüren?
Söylesene, Hz. Musa'ya denizi yardıran sana yeni bir yol açamaz mı?
Kabe'yi ebabillerle koruyan, senin hakkını koruyamaz mı?
Ya da bir damla suyun içine bir dünya sığdıran Allah,
kalbine bir başkasını sığdıramaz mı?
Yapma!
Karamsarlar kervanına katılma
Kötülere kızıp iyilere darılma
Cennet kokulu insanlar seni bekliyorken
Şeytana uyup da ateşe sarılma.
Umutsuz olma!
Ne yaşamış olursan ol,
hâlâ hayatta olduğunu ve her şeyi düzeltebilecek bir yol mutlaka
bulabileceğini aklından çıkarma. Bir gün bu sınavın biteceğine ve
hak ettiğin güzelliklerin sana verileceğine olan inancını
korumaya devam et.
Unutma, eğer Allah sana bir çıkış yolu nasip edecek olmasaydı,
şu an yaşamana da izin vermezdi.
Nefes alıyorsan, demek ki hâlâ gidecek yolların ve
yaşayacak mutlulukların var demektir...

Farkına Var İmtihandasın

Allah bazen insanların sabır ve inancını sınamak için onu güçlükler ve zorluklarla karşılaştırır. Ne kadar tahammül edeceğini ve bunun o insanı ne kadar değiştireceğini görmek için hayatını biraz zorlaştırır. Ne kadar mücadele edebileceğini ve ne kadar ileri gidebileceğini görmek için çıkış yolunu biraz uzaklaştırır. Ama unutma bunların hepsi Allah'ın sadakatini ölçmek için yoluna serdiği sınavlardır. Her şey güzel giderken herkes sadıktır. Önemli olan zora geldiğinde de sadık kalmaktır. Allah herkese hak ettiği neyse onu verecektir. Eğer her koşulda Allah'a sadık kalırsan, yaşadıkların ne kadar zor olursa olsun, isyan etmeyip "Sınavdır." deyip sabredebilirsen, mükâfatını da fazla fazla alırsın. Allah adildir. İsyan edenleri çok ağır bir şeklide cezalandırdığı gibi sabreden kullarını da en iyi şekilde ödüllendirecektir.

Sınav güzeldir. İnsan, Allah tarafından sınanırken inancını ve sabrının derecesini, nefsinin üzerindeki hâkimiyetini, elindekilerin kıymetini, etrafındaki insanların gerçek yüzlerini, kazandıklarını ve hatta kaybettiklerini daha net görebilmektedir. Eğer sınava razı gelip bir gün biteceğine ve her şeyin düzeleceğine inanarak sabredip mücadele edersen Allah da sana bunların hepsini düzeltebilmen için yepyeni fırsatlar ve yollar nasip edecektir.

Farkına var imtihandasın! İstediklerin olmuyor diye üzülme. Her şey ters gidiyor diye karamsarlığa düşme. "Biri bitmeden diğeri başlıyor." diye düşünüp sakın isyan etme. Unutma ki Allah sevdiği kullarını daha çok sınava tabi tutar. Öyle ki o insan Allah'ı daha çok hatırlayabilsin, hata ve yanlışlarını düzeltebilsin, kibrini ve nefsini kontrol altında tutabilsin, hayatına daha doğru insanlarla devam edebilsin ve Allah'ın yasakladığı şeylerden uzaklaşıp razı olduğu şeylere yaklaşabilsin.

Peygamber Efendimiz Hazreti Muhammed (s.a.v.) (Allâhümme salli alâ seyyidina Muhammedin ve alâ âli seyyidina Muhammed)[1] miraca çıktıklarında, Kendilerine ve biz ümmetine üç büyük hediye verilmiştir. Bunlardan ilki beş vakit namaz, ikincisi Allah'a şirk koşmayanların büyük günahlarının affedilmesi, üçüncüsü Bakara suresinin son iki ayetidir (Amenarresulü). Amenarresulü'de şöyle der "Allah'ın elçisi ve müminler Rabb'inden ona indirilene iman ettiler. Her biri Allah'a meleklerine, kitaplarına, peygamberlerine inandılar. 'Onun elçileri arasında ayrım yapmayız.' dediler. Ve işittik itaat ettik bağışlamanı dileriz Rabb'imiz, gidiş sanadır dediler. Allah hiçbir kimseyi gücünün yetmediği bir şeyle yükümlü kılmaz. Lehinde olanı da kendi kazandığıdır, aleyhinde olanı da kendi kazandığıdır. Rabb'imiz! Unutur veya yanılırsak bizi cezalandırma. Bizden öncekilere yüklediğin gibi bize de ağır yük yükleme. Bizi bağışla, ayıplarımızı ört ve bize rahmetinle muamele buyur. Sen bizim sahibimiz ve yardımcımızsın, artık inkârcı topluluklara karşı bize yardım et."

Allah o kadar merhametlidir ki hiç kimseye taşıyamayacağı ağır yük yüklemez. Hiçbir kimseyi gücünün yetmediği bir şeyle yükümlü kılmaz. Ve hiç kimseyi cevaplarını bilmediği bir sınava tabii tutmaz. Yaşadığımız her olay ya da aldığımız her karar, bir sonraki sınavın cevaplarını barındırır. Her sorunun cevabı daha önce mutlaka karşımıza çıkmıştır. Önemli olan yaşadıklarımızdan ne kadar ders çıkardığımız ve sınavımıza ne şeklide hazırlandığımızdır.

Unutma, her insan mutlaka denenir. Ve her insanın sınavı vazgeçemedikleridir. Çünkü insan hiçbir şeyi Allah'tan daha çok sevmemelidir. Nefsini terk ettiğinde, yüzünü Allah'a döndüğünde ve

[1] Peygamber Efendimizin ismini duyunca mutlaka "Allâhümme salli alâ seyyidina Muhammedin ve alâ âli seyyidina Muhammed" salavat-ı şerif getirin. Çünkü Allahutaala bir meleğini yeryüzündeki insanların getirdikleri salâvat-ı şerifleri Peygamber Efendimize (s.a.v) ulaştırmak için görevlendirilmiştir. Yani bir insan salâvat-ı şerif getirdiğinde görevli melek Peygamber Efendimizin (s.a.v) huzuruna çıkar ve falan oğlu/kızı size selam gönderdi diye tebliğ eder. Bu her salâvat-ı şerifte böyle devam eder. Ne kadar çok salâvat-ı şerif getirirseniz, Peygamber Efendimiz (s.a.v) isminizi o kadar çok işitecek ve ahiret gününde sizi tanıyıp daha çabuk ve daha çok şefaat edecektir. Rabb'im cümlemizi Peygamber Efendimizin şefaatine nail eylesin inşallah.

dünyalık gayretleri bırakıp tamamen Allah'a yöneldiğinde, tüm sınavlardan başarı ile çıktığını göreceksin. Allah için vazgeçemeyeceğin bir şey kalmadığında ise şeytanın senden tamamen uzaklaştığını, her kapının sana açıldığını ve nefes almaktan bile lezzet aldığını fark edeceksin. Yeter ki sen Allah için terk et ve Allah için sabret.

Allah sana güzel bir şey vermeden önce,
seni mutlaka zor bir şeyle dener.
Eğer zor bir sınavdan geçiyorsan
varacağın yerde büyük bir mükâfat seni bekliyor demektir.

İnsanın Kaderi Karakterine Benzer

İyi insanlar kaybediyor, kötü insanlar hep kazanıyor diye düşünmeyin. Zira kaderin ve ilahi adaletin neler getireceğini bilemezsiniz. Ben yüreği parçalanmış, ağır yaralanmış ama zamanla içindeki yaralar çiçek açmış insanlar gördüm. Olumsuz düşünmeyin arkadaşlar. Çünkü iyi insanlar için mutlaka bir bahar daha vardır.

Dürüst insanlar kandırılıyor, yalancı insanlar ise sefa sürüyor diye düşünmeyin. Zira Allah'ın onlar için nasıl bir karar vereceğini bilemezsiniz. Ben temizliği yüzünden kaybetmiş, dürüstlüğü yüzünden her şeyi elinden alınmış ama zamanla tekrar ayağa kalkmış ve kendi gibi dürüst ve temiz kalpler biriktirmeyi başarmış insanlar gördüm. Dürüstlüğünüzden ödün vermeyin arkadaşlar. Çünkü dürüst insanlar için her zaman yeni bir fırsat daha vardır.

Aşka değer veren insanlar ağlatılıyor, aşkı kullananlar ise sürekli mutlu oluyor diye düşünmeyin. Zira Allah'ın aşkı ne kadar önemsediğini ve aşka ne kadar kıymet verdiğini bilemezsiniz. Ben sevdiği için ağlatılan, kullanılan ve aşktan soğumaya başlayan insanların, zamanla hak ettikleri aşka doğru yol aldıkları ve sadece mutluluktan ağladıkları günleri gördüm. Aşka kıymet vermekten vazgeçmeyin arkadaşlar. Çünkü aşka kıymet veren bir kalbin mutlaka kendi gibi bir dengi daha vardır.

Tabii bunlar hep iyi insanlar içindi. Kötü tarafta yer alan insanlarında bir gün karşılıklarını aldıklarını, insanlara hak etmedikleri şeyler yaşattıkları için zamanla hak ettikleri cezaları yaşadıklarını, kırdıkları ve ahını aldıkları insanların gözyaşlarında boğulduklarını da gördüm.

Unutmayın arkadaşlar; İnsanın kaderi karakterine benzer. Eğer iyi bir insan olarak yaşamaya devam ederseniz, kaderiniz de mutlaka size benzemeye başlayacaktır. Bugün olmasa da yarın, yatığınız iyilikler size ulaşacaktır. Ve iyi kalmayı başaran herkes, iyi olanı mutlaka yaşayacaktır.

Değişmez Bir Kural

Bir insanla gereğinden fazla ilgilenirsen, onu şımartırsın.
Ve bir insana gereğinden fazla iyilik yaparsan, onu kaybedersin.

Gitmiş Biri İçin Hayatını Karartma!

Gitti değil mi? Hiçbir şey olmamış gibi, geride ne bıraktığını ve senin neler yaşayacağını umursamadan, tıpkı bir yabancı gibi öylece çekip gitti. Gözyaşlarına aldırmadan, feryatlarını duymadan, bir kez olsun ardına bile bakmadan yürüdü ve gitti. Yıkıldın değil mi? Onca mücadele, onca emek ve onca zaman. Hepsi çöpe gitti! Ne kadar büyük bir hayal kırıklığı yaşadığını tahmin edebiliyorum. Çünkü sevdiğin bir insanı kaybetmenin ne demek olduğunu çok iyi bilirim.

Ama her şeye rağmen toparlanmak zorundasın. Gözyaşlarını silip, bulunduğun yere yeni bir çizgi çekip, bir daha ötesine bakmamalısın. Derin bir iç çekip, kaybettiğini kabullenip hayata yeniden başlamalısın. Kolay olmadığını biliyorum. Bu yüzden sana hiçbir şey olmamış gibi hayatına devam et demiyorum. Değer verdiğin şeyleri kaybetmişsin, elbette üzüleceksin. Ama üzülsen de acı çeksen de hayatına devam etmek zorunda olduğunu da bilmelisin. Gitmiş birisi için hayatını karartarak, geçmişine takılı kalarak, önüne çıkan fırsatları yok sayarak hiçbir şey elde edemezsin. Üzül, acını yaşa ama beraberinde şunları da yap: Onun gidişini bir an önce kabullen, onun sende bıraktığı izleri ve yaraları temizlemeye başla ve bu ilişkiden ders çıkar. Ders çıkar ki bundan sonraki hayatına daha düzgün insanlarla devam et.

Şunu unutma: Giderken gözyaşlarını umursamamış biri için ağlamaya değmez. Ya da sevgini ve kalbini ezip geçmiş bir insan için yas tutmaya değmez. Senden vazgeçmiş bir insana yol vermek en doğrusudur. Eğer gitmek isteyenin yoluna çıkarsan seni ittirecek ve yere düşmeni umursamayacaktır. Ağlasan da, yalvarsan da arkasına bile bakmayacaktır. Çünkü sevdiğin hâlde gitmeyi kafasına koymuş bir insan, seni ya kullanmış ya da kullanamayacağının farkına varmıştır. Umarım sen de bir an önce bu gerçeğin farkına varır ve hayatının geri kalanını kurtarırsın.

Bırak gitsin! Üzülmeye değmez bazılarının gidişine. Yanında olmayanın kalbinde işi ne?

Yedin, içtin.
Üzdün, kırdın, kullandın.
Sağlık olsun.
Bu dünyada hesaplar benden olsun.
Nasıl olsa
öteki tarafta sen ödeyeceksin.

Lâedrî Sözler

Lâedrî ne demek önce onunla başlayalım. Lâedrî; kime ait olduğu bilinmeyen yazıların ve sözlerin altına "yazanı belli değil" ya da "bilmiyorum" anlamında kullanılan ibaredir. Benim çok sevdiğim ve sizlerin de hoşuna gideceğini düşündüğüm on Lâedrî sözü sizlerle paylaşmak istiyorum;

1. Hiç kimseyi yargılamayın. İnsanların içindeki yangınları, savaşları, acıları, ölümleri bilemezsiniz. Anlamaya çalışın, yardım edin, dinleyin ama asla yargılamayın. O insanın geçtiği yolları bilmeden onun yolunu kınamayın. Ya yardımcı olun ya da uzak durun. İnsan olmak bunu gerektirir. Toz olan hayatları bir de siz duman etmeyin.
2. Suyun üstünde bile yürüseniz, çünkü yüzme bilmiyor diye eleştirecek insanlar her daim olacaktır. O yüzden siz işinize bakın!
3. Mutlu mu olmak istiyorsun? Her arkandan konuşana kulak asma. Her söz veren sözünü tutar sanma. Her tanıştığın insanı kendin gibi bilme. Kimseye hak ettiğinden fazla değer verme. Mutsuz edeni değil, huzur vereni seç. Seni çekemiyorlarsa gül ve geç…
4. Hatalarımı başkalarına değil bana söyle çünkü onları düzeltecek olan başkaları değil, benim!
5. Zaman kısa ve hayat adil değil. Bu yüzden sahip çıkın, çaldırmayın; emeğinizi, enerjinizi, zamanınızı, gülümsemenizi, mutluluğunuzu… Bırakın çıksınlar hayatınızdan. Çünkü hayat, gereksiz insanlarla uğraşmayacak kadar güzel.
6. Bir insan size hoşgörü gösteriyorsa bunun anlamı; ben insanım, senin de insan olduğuna inanıyorum demektir. Ben safım gel benim sırtıma bin demek değildir.

7. Bir zaman sonra alttan alma evresini bitiriyorsun. Bir şey seni rahatsız mı etti, söyle. Olduğun yerde huzurun mu yok, kalk git. Olmuyor mu, zorlama. Başkalarının çabalaması gereken yerde sen savaşma. Çünkü sen payına düşeni zamanında yaptın!
8. Gidecek hiçbir yeri yokken sana sığınan değil, gidecek yeri olmasına rağmen senin yanında kalandır değerli olan.
9. Bugün kimse için bir şeyler yapmak içimden gelmiyorsa; Dün elimden geleni yaptığım hâlde, hep nankörlük gördüğüm içindir.
10. İyi şeyler inandığında, daha iyi şeyler sabrettiğinde, en iyi şeyler ise hiç vazgeçmediğinde gelir.

Hayat her şeye rağmen çok güzel. Hiç kimsenin tadınızı kaçırmasına izin vermeyin. Hayatınıza size yakışır bir şekil çizin ve sadece sevdiklerinizi ve inandıklarınızı davet edin. Zaten sizinle olan sizinle gelir. Sizinle olmayan ise kendi bilir.

"Hayatınızda oluşan çatlaklardan endişe etmeyin, oradan yeni bir hayat doğuyor olabilir."

Lâedrî

Neden Mutlu Olmak İstemiyorum Biliyor musun?

Bazı insanlar seni mutlu ederler. Ama seni sevdikleri için değil, bir gün onu senden geri almak için. Sen o mutluluğu büyütürsün, şekillendirirsin, sahiplenirsin ve tam onunla yaşamaya alışmaya başladığın anda onu senden acımasızca alırlar. Sen o an kendini tıpkı bir yavruyu annesinden ayırdıkları gibi hissedersin ama bunu umursamazlar. Maalesef ki düzen bu şekildedir, insanlar hazıra konmak için acımasızlık yapmaya bayılırlar. Neden mutlu olmak istemiyorum biliyor musun? Çünkü insanların mükemmeli istediklerini ama bunun için hiçbir şey feda edemediklerini gördüm. "En güzeli benim olmalı." diyen insanların, bu isteklerini elde edebilmek için en çirkin yüzlerini kullanmaktan çekinmediklerine şahit oldum. Etrafımdaki insanların mutluluğumu sahiplendiklerini ama hüzünlerimde arkalarını dönüp gidişlerini izledim. Sevmeye çalıştığım insanların acımasız kuralları arasında kaldığımı ve ne yaparsam yapayım menfaatlerine hizmet etmekten öteye geçemediğimi fark ettim. İnsanların mutluluğun kölesi olduklarını ve nasıl da birbirlerinden mutluluklarını çalabilmek için gaddarca senaryolar ürettiklerini gördüm. Ve eğer ben de mutlu olmaya çalışırsam, bana da geleceklerini ve bu mutluluğu benden alabilmek için her şeyi yapabileceklerini biliyorum. İşte tam da bu yüzden mutlu olmaktan korkuyorum. Bana huzur versinler yeter, mutluluklar onların olsun.

Yalnız Kalmak, Yaralı Yaşamaktan Daha İyidir

Birini sevebilirsin. Onu mutlu etmek için mücadele edebilirsin. Sahiplenir ve yanına gidebilirsin. Hatta onun için her şeyi yapabilirsin. Sen ne yaparsan yap sevgine herhangi bir karşılık görmediğinde gösterdiğin onca mücadele hiç olup, ellerinin arasından kayıp gidecektir. İşte böyle durumlarda avuç içlerindekileri tutmaya çalışmak yerine tamamen dökülmesine izin verip yoluna tek başına devam etmek, seni hayata karşı hem daha diri tutacaktır hem de sana kendin için bir şeyler yapmış olmanın huzurunu yaşatacaktır.

Kendini içi boş kuruntularla başa çıkmakta zorlanacağın korkulara mahkûm etme. "Yalnız kalırsam ne yaparım?" endişesiyle hareket edip yanlış kararlar verme. Çünkü böyle durumlarda yalnız kalmak, yaralı yaşamaya çalışmaktan çok daha iyidir. Sana asıl zarar verecek olan şey yalnız kalmak değil, yalnız kalmaktan korkup sana yapılanlara katlanmaya devam etmendir. Üstelik sevgine karşılık vermeyen insanlar için gösterdiğin çabayı, kendi hayatın için de gösterdiğinde hiç kimseye ihtiyacın olmadığını anlayacaksın.

İnsanlar, kaybetme korkusu yaşamadığı insanlara daha katı ve acımasız davranmaya bayılırlar. Sen sen ol; asla kendini vicdansız birinden merhamet beklemeye mahkûm etme. Böyle birinin nefesiyle solup gideceğine, tek başına filizlenmeye çalışmak çok daha iyidir. Unutma ki sevmek ne kadar gerekliyse, bazen gitmek de bir o kadar gereklidir.

Gitme vaktin geldiyse, kaldığın her an kendine ziyandır.

Senin İçin İyi Dileklerim Var

Biliyorum, sevdiğin, güvendiğin insanlar tarafından vuruldun. Sendeki menfaatleri bitince eski bir eşya gibi bir köşeye konuldun. Sana bıraktıkları dert ve üzüntüler nedeniyle fazlasıyla yoruldun. Ve şimdi sana dua ediyorum; inşallah en yakın zamanda kendin gibi tertemiz birisi ile çok mutlu olursun.

Dilerim ki Allah bundan sonra kaderine küstürecek insanları alnına yazmasın. Ya seni çok sevdirsin gelene ya da onu hiç karşına çıkarmasın. Rabb'im bütün dualarını kabul etsin, üzüntülerini yok etsin, kaderini ve geleceğini temizlesin ve sana yepyeni hayırlı bir başlangıç nasip etsin inşallah.

Sen, yüreği güzel insan, çıkarcı bir insan yüzünden kendini karamsar bir dünyaya hapsedeceğine, sana yakışan, akan her damla gözyaşın için bir mutluluk alacağın güne kendini hazırlamaktır. İnananlara, o gün Allah'ın izniyle yakındır.

Dilerim ki Rabb'im seni her türlü kötülüklerden korusun. Dertlerinden kurtarıp mutluluklarla yoğursun. Sana zarar verenleri söküp atsın kalbinden. Ve o temiz yüreğin seni hak edenle bir an önce kavuşsun. Çünkü sen bunu hak ediyorsun.

Eğer kalbin temiz, vicdanın rahatsa üzülme.
Allah yoluna koyulan tüm engelleri temizler.
Sen hiç merak etme.
Yeter ki sen tekrar yola çıkacağın insanları çok iyi belirle.

Çaresiz Değilsin!

Çaresizlik, bir şeyin değil her şeyin bitmesi, tükenmesi, sona ermesi ve hiç kimsenim hiçbir şekilde buna müdahale edememesi demektir. Mesela sen şuan büyük bir hastalığın son evresinde misin? Yaşlılığın en son deminde misin? Ya da şu an ölüm döşeğinde misin? Eğer bunlardan hiç biriyse, sen çaresiz filan değilsin. Öyle olduğunu düşünüyorsun çünkü çareyi doğru yerde aramıyorsun. Eğer baktığın yön sana bir şey göstermiyorsa, başını diğer tarafa çevir. Eğer orada da bir şey göremezsen başka bir yöne bak. Aramaktan ve onu bulacağına inanmaktan vazgeçme. Eğer insanlar "Çaresizim." deyip pes etselerdi, bugün yılanın zehrinden ilaç yapmak kimsenin aklına gelmezdi. Ya da "Başaramıyorum." deyip vazgeçselerdi, bugüne kadar kimse uzaya gidemezdi. Onlar sürekli denedikleri için, vazgeçmedikleri için, bugün imkânsız gibi görünen birçok şeyi başardılar. Çaresiz olduğunu düşünüp işleri daha da zorlaştırma. Çok yorulmuş dahi olsan, senin bir duan etrafındaki tüm zorlukları ya da çıkmazları silip süpürebilir. Bir kez "Allah" diye nida etmen bile seni herkesten ve her şeyden temizleyebilir. Ve bunları bildiğin hâlde hâlâ çaresizim dersen, işte bu da Yaradanı gücendirebilir. Bu yüzden "Çaresizim." diyeceğine Allah'tan çareler iste ve bunları bulabilmek için mücadele etmeye devam et.

Dertlerini gözünde büyütme. Unutma ki Allah merhametlidir, dağına göre kar verir. Ve her insanın derdi onu taşıyabileceği düzeydedir. Eğer dertlerinle başa çıkmak istiyorsan, senden çok daha zor durumda olan insanlara bak. Nasıl da imkânsızlıklarla ve büyük çaresizliklerle uğraştıklarını bir gör. Hayatlarının çok büyük bir kısmını büyük hastalıklarla veya büyük yokluklarla geçirmek zorunda kalmış insanlarla sohbet et. Hayat hikâyelerini bir dinle ve sonra hâline şükret! Eğer onların halini anlayabilirsen, derdini daha rahat kabullenebilir ve onlarla daha güçlü bir şekilde savaşabilirsin.

Ben inanıyorum ki dertlerin senin o güzel kalbinden daha büyük değil. Sen de buna inanarak onlarla savaşırsan, hepsinin altından kalkabilirsin.

Asla başaramayacağını düşünme! Dünyanın en kötü insanlarına bile ekmek, su veren, onlara yaşam hakkı tanıyan Allah, sana neden yeni bir yaşam hakkı vermesin ya da zorluklarını kolaya çevirmesin. Senin zor ya da imkânsız diye düşünüp gözünde büyüttüğün şeyler, Allah'ın bir "Ol!" demesine bakar. Sen mücadele ederek onları istediğini belli et. Allah mutlaka sana kolaylıklar sağlayacaktır.

Az İnsan Çok Huzur

Kendini boş yere üzme. Sen en güzelini hak ediyorsun. Ama bunun için biraz çaba göstermek zorundasın. Hayatında sağlam bir temizlik yapmalı ve sana layık olmayan her şeyi dışarı atmalısın. Ve hayatını daha güzel bir hale getirmek için hayatına zarar veren insanları kendinden uzaklaştırmalısın.

Mutlu olmak için hayatında gereksiz kalabalıklar olmasına gerek yok. Az insan olsun ama hepsi güvenilir olsun. Derdini sahiplenecek ve çözüm için sana yardım edecek insanlar olsun hayatında, diğerleri olmasa da olur. Çünkü başına bir şey geldiğinde derdini açacağın insanların sana yardımcı olacağını bilmek dünyanın en güzel hissidir.

Huzurlu bir hayat yaşamak istiyorsan, güvenmediğin ve niyetinden şüphe ettiğin insanları hayatından çıkart. Sözünü tutmayanları ve birine yanlış yaptığında vicdanı sızlamayanları hayatından ele. İnsana saygı duymayanlarla ve insan gibi yaşamaya gayreti olmayanlarla yollarını ayır. Etrafımda kimseler kalmaz diye endişe etme. İnan bana, sarıldığında sana huzur verecek tek bir insan bile olsa, hayatın tadını çıkarmak ve güzel şeyler yaşamak için sana yeter.

Daha rahat bir hayat yaşamak için, hayatındaki o karmaşa ve gürültüden kurtulup daha sade bir hayat yaşamayı seçmelisin. Mesela değerini bilen insanlarla yoluna devam et, sana yük olan ya da nankörlük yapan insanlarla değil. Ya da senin için yola çıkmayı göze alabilecek insanlar olsun, zoru görünce yarı yolda bırakıp kaçanlar değil. Hiç tereddüt etme! İnan bana değerini bilen insanlarla ilerlemek, dünyanın en güzel ve en huzur verici yolculuğudur.

Seninle ağlamayı göze alabilen insanlar olsun hayatında. Çünkü insana zor günlerinde en çok lazım olan şey, onu anlayabilen ve onunla aynı hissi yaşayabilen bir insanın yanında olduğunu bilmektir.

Ey Sevgili

Ey sevgili, seninle aynı kaptan yiyemeyeceksem, aşımı alsınlar, istemem. Seninle aynı yastığa değdiremeyeceksem, başımı alsınlar, istemem. Ben ki seni ilmik ilmik topladım içimde. Eğer kalbime giydiremeyeceksem kalp atışımı alsınlar, istemem.

Sevgili nedir? Kimdir? Onun için neler feda edilebilir? Mesela onun için uykusuzluğu göze alabilir misin? Hadi diyelim ki uykunu feda ettin. Peki, aklını feda edebilir misin? Bir cana girmek kolay. Peki, o canı acıtmadan sevebilir misin?

Bakın bu konuda Hz. Mevlânâ neler söylemiş; "Ey sevgili, Heyben acılarla dolar da nefes alamazsan gel. Huzur bulacağın kıyılarım senindir. Umutların solar kurur da su bulamazsan beraber sulayalım, gözyaşlarım senindir. Kanadın kırılır da maviye uçamazsan, ne güne duruyor peki kanatlarım, senindir. Çaresiz çilelere bir umut bulamazsan, kendime ettiğim dualar senindir. Altın ne oluyor, can ne oluyor, inci, mercan da nedir, bir sevgiliye harcanmadıktan, bir sevgiliye feda edilmedikten sonra? Seni bağrıma değil, bağrımı ve başımı ayağının altına bastım. Gözüm toprak olacak ama gönlüm daima aşk kokacak."

Mesele sevdiğin için canını vermek değil. Asıl mesele sevdiğin için gönlünü verebilmektir. Unutma, sevene bir damla su bile hoştur, sevmeyene ise okyanus bile boştur.

Neden Arkasını Dönüp Gitti Biliyor musun?

Çünkü sen daha mücadeleciydin.
Daha çok sevdin.
Daha çok dua ettin.
Daha iyi kalpliydin.
Daha çok özen gösterdin.
O arkasını dönüp gitti
Çünkü sen hep bir adım öndeydin.

Bunları Biliyor muydunuz?

Şu dört şey insanı felakete sürükler:
Helal varken haram yemek,
Hak varken batıla gitmek,
Doğru varken yanlışı seçmek,
Allah varken ümidi kesmek...

Şu dört şey insana daima huzur verir:
Kur'an-ı Kerim dinlemek,
Denizi seyretmek,
Sevdiğinin omzunda dinlenmek,
Anneni gülerken izlemek...

Şu dört şey insana daima kaybettirir:
Hırsını kontrol edememek,
Nefsine galip gelememek,
Düşmanın kim olduğunu bilememek,
Sevdiğine sevdiğini söyleyememek...

Şu dört şey insana daima mutluluk verir:
Bir işe besmele ile başlamak,
Yemeğini sevdiklerinle paylaşmak,
Dertlerini bir bilene danışmak,
Aileni mutlu etmeye çalışmak...

Allah İyi İnsanlarla Beraberdir

Merhaba bunu okuyan kişi,

Belki de bugüne kadar seninle hiç karşılaşmadık. Ama şundan o kadar eminim ki şu an bir yerlerde haksızlığa uğradığı hâlde sabreden, Allah'tan hayırlısını isteyen ve her ne olursa olsun dua etmekten vazgeçmeyen bir insan var. Hem de karakterli, edep bilen, günahkâr bedenlerin oyununa gelmeyen ve her zaman için Allah'tan hayırlısını isteyen tertemiz bir kalp taşıyor. İşte sen o insanın dualarının karşılığı olacaksın. Çünkü sen de haksızlığa uğradın ama sabretmekten ve dua etmekten hiç ayrılmadın. Seni de kırdılar, üzdüler, senin de üzerine geldiler ama sen de Allah'tan ve dualarından başka bir şeye sarılmadın. Ve bil ki o insan da senin mükâfatın. Hiç şüphen olmasın. Bir gün mutlaka karşılaşacaksınız. Ve mutlaka o mutluluğu ve huzuru beraber yaşayacaksınız.

Unutma, Allah her zaman iyi insanlarla beraberdir. İçinde olumsuzluğa ya da umutsuzluğa dair zerre şüphe varsa onu hemen yok et. Çünkü Allah iyi insanların kaybetmesine asla müsaade etmez. Mutlaka sizin bir araya gelmenizi sağlayacak ve bir araya geldiğinizde sizi mutlu sona ulaştıracak sebepler yaratacaktır. Yeter ki sen Allah'a inanmaktan ve iyi kalmaktan vazgeçme. Umutsuz olma! Kaybettiklerinden çok daha güzelini Allah sana nasip edecek. Yeter ki sen sabret.

Kaybetmek İstemiyor musun?

Eğer kaybetmek istemiyorsan, sana faydası olmayacak şeylerin peşinden gitme. Bir şeylerin eksikliğini hissettiğinde bunları başkalarına çabuk belli etme. Ve bu eksikliklerini başkalarıyla tamamlamaya çalışmak yerine, kendi başına tamamlamayı dene. Unutma, insanın en büyük kayıpları, eksikliğini hissettiği şeylerin peşinden giderken kaybettikleridir. Hiçbir şey için aceleci olma. Geç kalıyorum hissiyle, yersiz ve gereksiz panikler yapıp, önüne gelen her kapıyı çalıp kendini boş yere germe. Korku ve endişeyle hareket edip, bir an önce mutlu olmalıyım deyip, stres ve telaştan kendini kaybedip kimsenin oyununa gelme. Unutma, sendeki bu panik ve telaşı görenler, sana lazım olan şeylerin görüntüsüne bürünüp, seni kullanmak isteyeceklerdir. Onlara bu fırsatı verme.

Kendini sevmeli, kendine güvenmeli ve hayatını kendin yönetmelisin. Çünkü başkalarının yönettiği bir hayatta asla mutluluğu elde edemezsin. Eğer kendine inanır ve değer verirsen kolay kaybetmezsin. Ama kendine inanmayıp, kendini küçümsersen sürekli kaybedersin. Karar senin! Unutma, kendine güvenmediğin müddetçe başkalarına güvenmek ve onların vicdan ve merhametine sığınmak zorunda kalacaksın. (Tabii varsa!) İşte bu yüzden kaybetmek istemiyorsan önce kendini sev, önce kendini önemse ve önce kendine güven.

Ne istediğini bilmeyen insanlar kolay kaybeder,
ne istediğini belli etmeyen insanlar kolay kazanırlar.

Bazı İnsanları Değiştiremezsiniz

Bazı insanlar gözyaşlarına duyarsız, mücadeleye kör, acıya ise sağırdır. Onlar için yaptığın her şeyi hak ettiklerini düşünebilecek kadar kibirli, yapmasaydın diyebilecek kadar nankör ve her şeyi bir çırpıda silebilecek kadar da acımasızdır. Eğer sen de buna benzer bir insanı seviyorsan ondan hemen uzaklaşmalısın. Çünkü böyle bir insanı değiştirebilmek imkânsızdır.

Senin için kılını bile kıpırdatmayan bir insan için her şeyi göze alman, onun egolarına hizmet etmen demektir. Ya da senin için hayatında herhangi bir değişiklik yapmayı göze alamayan bir insan için hayatını adaman, mutsuzluğa sarılmandan başka bir şey değildir. Çünkü böyle bir insan senin göstermiş olduğun ilgi, sevgi ve bağlılıktan aldığı güçle kendini vazgeçilmez zannedecektir. Ve kendini vazgeçilmez zanneden bir insan seni mutlu etmek için hiçbir çaba göstermeyecektir. Senin için savaşmayan bir insanı kahraman ilan ederek kendi hayatına haksızlık ediyorsun. Unutma ki, seni seviyor olsaydı yüküne omuz verip, seni tek başına mücadele etmek zorunda bırakmazdı. Eğer onun için önemli olsaydın sana bu kadar kolay sırtını dönmez ve seni böyle kolay ateşlere atamazdı.

Onun peşinden gitmeyi bırak! Çünkü o değişmeyecek, herhangi bir pişmanlık yaşamayacak ve bunlar seni daha da çok yıpratacak. Yaptıklarının farkına varamıyor olması ve hâlâ kendini haklı çıkarma çabası sende daha da derin yaralar açacak. Sen onun için çıldır, delir, kendini çöllere at hatta ne yaparsan yap, o yine senin için hiçbir şey yapmayacak. Artık farkına var ve aklını kendin için kullan. Çünkü o hiçbir zaman akıllanmayacak.

Unutma, ne yaparsan yap bazı insanları değiştiremezsin. Onları değiştirebilmek için göstereceğin fedakârlık ve çabaları kendi geleceğini değiştirebilmek için kullanabilsen hayatın daha yaşanılabilir ve daha huzur dolu olmaya başladığını da göreceksin. Ya da hayatını onun düzelmesini beklemek, hatalarını fark etmesini beklemek, geri gelmesini beklemek gibi beklentilere endeksli yaşayarak ziyan etmek yerine, daha dürüst ve daha gerçekçi insanlarla daha çok canlandırabilir ve mutluluğu daha içten ve daha yoğun yaşayabilirsin.

Başka bir insanı sevemeyeceğini düşünme. Seni hak etmeyen bir insanın peşinden bu kadar gidebiliyorsan, seni hak edecek bir insan içinde aynılarını yapabilirsin. Ya da seni hak etmeyen bir insanın seni bu kadar üzmesine izin verebiliyorsan, seni hak edecek bir insanın bir o kadar mutlu etmesine de izin verebilirsin. Kimsenin değişmesini bekleyerek hayatını heba etme. Çünkü başka insanlarla da gayet mutlu yaşayabilirsin.

Sana tavsiyem, değiştiremediğin insanlar için daha fazla mücadele etme. Çünkü insanın yaşadığı en büyük pişmanlık, değmeyen insanlar için harcadığı emek ve zamandır. Bu yüzden sen sen ol, ileride pişman olmamak için emeğini ve zamanını hak etmeyen insanlar için harcama. Fedakârlıkların bir işe yaramıyorsa ondan bir an önce vazgeç.

Kendini hiç düşünmüyorsun. Hem de kendinden başka hiç kimseyi düşünmeyen insanlar için.

Hayır, Sen Galip Geleceksin!

Hayat ne kadar tuhaf değil mi? Uğruna her şeyden vazgeçtiğin insanlar sanki onlar için hiçbir şey yapmamışsın gibi tavır takınıyorlar. En ihtiyaç duyduğun anda senden kaçıp, seni bu kadar zor durumda bırakıp, vicdanlarının sesini kapatıp, sanki hiçbir şey olmamış gibi yaşamaya devam ediyorlar. Sen onların tırnağına zarar gelmesini istemezken ve onlar için sürekli güzel bir şeyler yapmaya çırpınırken, onlar yaptıklarını umursamıyor ve üstelik sana kötü gözle bakıyorlar. Hepsinin derdini sırtlanıp bir de üstüne suçlu ilan edilmek ne kadar çok dokunuyor insana değil mi?

Boş ver, onlar senin hakkında kötü düşünmeye devam etsinler. Allah senin kalbini biliyor ya o sana yeter. Moralini bozma, her şey düzelecek. Dün senden daha zor durumda olanlar, bugün içinde bulundukları problemleri aşmayı başardı. Bunu sen de başaracaksın. Dün acı ve kederden gözyaşı dökenler, bugün arzu ettikleri mutluluklara ulaştı. Buna sen de ulaşacaksın. Dün zalimler tarafından haksızlığa uğratılanlar, bugün haklarını tastamam aldı. Yarın sen de hakkını alacaksın. Yeter ki Allah'a sığınmaya devam et. Çünkü Allah'a tutunanlar her zaman kazandı. Sabret, yarın sen de kazanacaksın. Unutma, yapamayacağını düşündüğün her şeyi yapabilecek güçtesin. Mağlubiyete mi layıksın? Hayır, sen galip geleceksin!

İnsanların senin hakkında ne düşündüklerini çok da önemseme. Çünkü hesap günü hiçbirini yanında bulamayacaksın.

Aşkın Farkı

Tanımadığın bir insan seni bir kez kandırabilir.
Güvendiğin insan iki kez kandırabilir.
Âşık olduğun insan ise her defasında…

Allah'ın Hikmeti

Allahutaala Azrail Aleyhisselam'a sorar: "Ey Azrail, bugüne kadar canını alırken en çok üzüldüğün insan kimdir?" Azrail Aleyhisselam: "Ya Rabbi sen daha iyi bilirsin ama bir kadın vardı, bu kadının iki ufak çocuğu vardı. Bir gün bu kadın uçurum üzerindeki bir köprüden karşıya geçmek istedi. Köprü dar ve eski bir köprü olduğu için iki çocuğu aynı anda karşıya geçirmeyi gözüne kestiremedi. Çocuklardan birini sırtına aldı ve karşıya geçirdi. Diğer çocuğu almak için geri dönerken bana 'Ey Azrail kadının canını al.' diye emir buyurmuştunuz. İşte ben çocuklar birbirinden ayrı ve yalnız başına kalacakları için o kadının canını alırken çok üzülmüştüm." Allah, "Peki o çocuklara ne oldu biliyor musun?" diye Azrail Aleyhisselam'a sorar. Azrail Aleyhisselam "Bilmiyorum Ya Rabbi." deyince, Allahutaala şöyle cevap verir: "Ben o çocukların sağlıklı ve güven içerisinde büyümelerini nasip ettim. Ve daha sonra birini uçurumun bir tarafına, diğerini de uçurumun diğer tarafına hükümdar yaptım."

Bazen kendinizi çok büyük imkânsızlıkların içerisinde bulabilirsiniz. Boyunuzu aşan problemler ve güçlüklerle karşılaşabilirsiniz. Hatta sevdiğiniz insanlar size sırtını dönebilir ve kendinizi bir uçurumun kenarında güçsüz, yalnız ve çaresiz hissedebilirsiniz. Ancak dertleriniz ne kadar büyük olursa olsun, Allah'ın her koşulda yanınızda olduğunu her türlü sıkıntınızda size mutlaka yardım edeceğini aklınızdan çıkarmayın. İçinde bulunduğunuz durum o an için aleyhinize gözükse de Allah mutlaka o imkânsızlığın içine sizin için bir kolaylık yada bir güzellik saklamıştır. Eğer Allah'a güvenirseniz problemlerinizin çözümünde size yardım edeceğine inanarak mücadele ederseniz, Allah'ta mutlaka sizin o sıkıntılardan kurtulmanıza yardım edecektir.

Tesadüf Değil Tevafuk

Tevafuk, birbirine uyumlu iki şeyin denk gelmesi ya da karşılaşmasıdır. Veya insana lazım olan şeylerin planlı bir şeklide karşısına çıkmasıdır. Her şeyin sistemli bir şekilde çalıştığının ve kâinatta tesadüfe yer olmadığının kanıtıdır.

Allah seni sana lazım olan şeylerle karşılaştırmak için bir dizi sebepler yaratır. Mesela okuduğun bir kitap, dinlediğin bir öğretmen ya da sokakta çarpıştığın bir insan senin için birer tevafuktur. Çünkü hepsi daha önceden düzenli bir şekilde kaderine yazılmıştır. İnsan ne kadar güçlü olursa olsun kendi dert ve problemlerine aciz kalır. Başkaları için çok çabuk hallettiği şeyleri bazen kendi için halletmekte zorlanır. Bu da o insanın zamanla hayatının zorlaşmasına ve hayattan geri kalmaya başlamasına neden olur. İşte Allah o insanın daha fazla üzülmesini engellemek ve problemlerine çareler olduğunu görmesini sağlamak için, onu ona lazım olan insanlarla ya da olaylarla karşılaştırır.

Bir insan hata yaptığında ya da yanlış bir yola saptığında, Allah o insanın hatasını anlaması için ya da girdiği yanlış yoldan geri dönüp tekrar doğru yola ulaşması için birbirine bağlı sebeplerle o insanı uyarmaya ve ona yardımcı olmaya başlar. Veya bir insan Allah'a dua ettiğinde, Yaratandan bir şey istediğinde, Allah o insana istediklerini yine birbirine bağlı sebepler ile verecektir. İşte bu sebeplerin hepsi birer tevafuktur.

Tevafuk ile kader iç içedir. Tevafuk insanın sebepleridir, sebepler ise insanın kaderidir. Bu yüzden kadere iman etmiş her insan tevafuka inanmalı ve hiçbir şeyin düzensiz olmadığını, Allah'ın her şeyi bir düzen içerisinde yarattığını ve Allah için hiçbir şeyin güç olmadığını kabullenmelidir. Mesela bir ağacın meyve vermesi tevafuktur. Herhangi bir insanın o meyveden yemesi ise onun kaderidir.

Bir insan düşün. Bu insan uçurumdan aşağı doğru bakarken ayağı kaysın ve tam düşerken son anda bir dala tutunsun. Şimdi o dalın orada olması tesadüf müdür yoksa tevafuk mudur? Eğer biz o dalın orada olmasına tesadüf dersek, Allah'ın o insana yardımını inkar etmiş oluruz. Ancak bunun bir tevafuk olduğunu, Allah'ın o dalı o adamın düşmesini engellemesi için orada yarattığını kabullenirsek, Allah'ın o adama yardım ettiğini de kabul etmiş oluruz ki, zaten doğru olan da budur.

Size tavsiyem, "tesadüf" kelimesi yerine "tevafuk" kelimesini kullanın. Çünkü tesadüf, "başıboşluk" veya "rastgelelik" demektir. Tevafuk ise, "nizam", "intizam" ve "uygunluk" demektir. Allah'ın her şeyi en ince ayrıntısı ne kadar hesaplayıp en muntazam şekilde yarattığına inanıyorsanız, sizin için doğru olan kelime tevafuktur. Unutmayın, tesadüf diye bir şey yoktur. Tevafuk diye bir şey vardır. Zira Allah'ın bu kadar ayrıntıyı sistemli bir şekilde çalıştırıyor olması tesadüf olamaz.

Sahip Olduğun Şeyleri Buna Layık Olan İnsanlar İçin Harca

Sana bir şey deyim mi? Sahip olduğun şeyleri buna layık olan insanlar için harca. Eğer bir insanın seni sevdiğine inanıyorsan onun için gece gündüz mücadele etmekten korkma. Ancak onunla ilgili ciddi şüphelerin varsa, kılını dahi kıpırdatma!

Hiç kimse için kendini boş yere tüketme. Unutma ki sen temiz kalplisin, başlı başına bir hazinesin. Kimsenin hiçbir şeyine muhtaç değilsin. Bu yüzden seni boşlayıp ihmal edenlere, seni üzgün ve mutsuz görmek isteyenlere ve yere düşüp sürünmeni bekleyenlere fırsat verme! Hayatına çeki düzen vermekten, sana hata yapana cezasını kesmekten ve gerektiğinde arkana bile bakmadan gitmekten tereddüt etme!

Nelere sahip olduğunun farkında değil misin? "Mutluluk" gibi çok önemli bir hazineye sahipsin. "Mücadele" gibi çok özel bir güce hâkimsin. Bunları kimin için harcasan onu mutlu edeceksin. Kimin yüreğine dokunursan onu sevindireceksin. Bu yüzden hayırsız insanlar için üzüleceğine, bırak sensiz kalanlar acıya bürünsün, bırak seni kaybedenler üzülsün. Sevgiye kıymet verene hiçbir şey olmaz. Bırak bunu sana sırtını dönenler düşünsün.

Üzme o güzel kalbini. Demek ki senin için hayırlı değildi. Elbet başka bir kalp ısıtacaktır içini, elbet başka bir el hayallerine götürecektir seni. Allah sevene yol gösterir unutma. Elbet başka bir mutluluk güzelleştirecektir geleceğini.

Beni Bu Kadar Dağıtan Şeylerin Sana Hiçbir Şey Yapmamış Olması Hiç Adil Değil

Merak ediyorum, gözünden bir damla yaş bile düşüremeyecek kadar yabancı mıydım sana? Hiç mi beni kaybetmekten korkacağın bir an yaşamadın? Hiç mi beni aklına getirecek bir şarkı, bir resim ya da bir olayla karşılaşmadın? Hadi deyilim ki kalbine girmeyi başaramadım. Peki ya vicdanın? Ona da mı dokunmayı hiç başaramadım? Seni bu kadar sevdiğimi bildiğin hâlde neden benimle oynadın? Merak ediyorum, içimde cehennemle yarışacak kadar büyük bir yangın oluşturan bu ayrılık, nasıl olurda sana bir kıvılcım bile isabet ettiremez? Bana, beni acılarla sarmaş dolaş bırakabilecek kadar acımasızca davranırken, sana neden tek bir zerre bile acı yükleyemez? Gerçekten çok merak ediyorum, bana aklımı kaybettirecek noktaya gelene kadar işkence edip beni acımasızca yerlerde sürüklerken, nasıl olurda sana bir fiske vuramaz ve seni bir adım bile sürükleyemez? Beni bu kadar dağıtan şeylerin sana hiçbir şey yapmamış olması hiç adil değil.

Eğer elime sihirli bir değnek verseler ve sana bunları yapana ne yapmak istersin diye sorsalar, inan bana ölmeni ya da sürünmeni istemezdim. Ancak, çok sevip, çok güvendiğin bir insanın sana sebepsiz yere arkasını döndüğünde içine oturan o hayal kırıklığını ve sonrasında seni nefes alamayacak kadar güçsüz bırakan o tarifsiz acıyı yaşamanı isterdim. Çünkü benimle aynı şeyleri yaşayıp, aynı yerden yaralanmadıkça, beni anlamayacağını biliyorum.

Seni Sevmeyen İnsanlar İçin Ömrünü Tüketme

Hayatının iplerini asla başkalarının ellerine verme. Çünkü insanlar aşka giden yolları pek kullanmıyorlar. Rotalarını zevk ve menfaatleriyle belirliyorlar. Kalplerinin sesini dinleyerek değil de, nefis ve çıkarlarıyla ilerledikleri için onlara uyan ve inanan insanları da acımasızca yanlışın içine çekiyorlar.

Aşk mutluluk vericidir. İnananlar için değerli ve büyüleyicidir. Bu sebeple dünyada sahtesi gerçeğinden daha çoktur. İnsanlar istediklerini kolay yoldan elde edebilmek için aşkı ve aşığı kullanmaktan hiç çekinmezler. Başta biraz mutluluk verip aşığı kandırdıktan sonra hayatındaki her şeyi insafsızca sömürürler. Ve o kadar acımasız olurlar ki her şeyini yok ettikten sonra o aşığa ne olacağını zerre düşünmezler.

Eğer geçici mutluluklara kanıp kalıcı hasarlar almak istemiyorsan, seni önemsemeyenler için hayatını daha fazla heba etme. Ve yanında olmayanlar için kalbini daha fazla tüketme. Eğer seni hak edebiliyorsa onun için her şeyi yapmaktan çekinme. Ama hak etmediğini düşünüyorsan bir adım dahi ileriye gitme.

Unutma, sevmek bedel ister. Eğer bir insan senin için bedel ödemeyi göze alamıyorsa, senden sadece menfaatleniyor demektir. Sana tavsiyem, seni sevmeyen insanlar için ömrünü boşa tüketeceğine, kendi hayatını düzene koyabilmen için mücadele etmendir. Bu seni hem daha az yoracaktır hem de senin için daha hayırlı olacaktır.

İlahi Adalet

Sen acı çekiyorsan,
O vicdan azabı çekecek,
Sen üzülüyorsan,
O hesap verecek.
Sen yıkılıyorsan,
O sürünecek.
Sen dua et ve bekle,
Bir gün kuzu kuzu gelecek.
Kaçacak yeri yok sabret!
Bunun adı ilahi adalet…

Ben, bana çelme takmaya çalışanların, ayaklarının birbirine dolandıkları günleri gördüm. Beni yaralayıp kaçanların, yaralarını sardıracak kimse bulamadıkları günleri gördüm. Benimle oynamaya çalışanların el âleme oyuncak oldukları günleri gördüm. Allah çok büyük! İlahi adalete güvenin arkadaşlar.

Sakın Umudunu Yitirme

Yaşadıkların ne kadar zor olursa olsun. Seni kim hayattan ne kadar soğutursa soğutsun, dünyanın sadece onlardan ibaret olmadığını ve hâlâ yaşamaya değer güzel şeylerin olduğunu unutma. Sakın umudunu yitirme! Allah'ın yaşadıklarına seyirci kaldığını zannetme. Kendini yalnız ve çaresiz hissedip bir daha mutlu olamayacağını düşünme. Unutma ki dünya sadece kötü insanların kötü emellerinden ibaret değil. Bu dünyada seni üzenler varsa, iyi olman için mücadele edecek insanlar da var. Seni acımasızca yıkıp geçen insanlar varsa, elinden tutup tekrar ayağa kalkmana yardım edecek insanlar da var.

Güzel şeylere olan inancının korumaya devam et. İnan bana kaderin hep böyle devam etmeyecek. Her ne kadar hayat sana acımasız davranmış ola da, bir gün mutlaka merhametli yüzünü de gösterecek. Ve çok yakın bir zamanda çok güzel şeyler yaşayacağın günler de gelecek. Yeter ki sen o günler gelene kadar kendin ve geleceğin için sabret.

Unutma, umutsuz yaşadığın her an, geleceğinden kopardığın bir gün demektir. Umudunu ne kadar çok koruyabilirsen, geleceğe de o kadar çabuk başlarsın. Bu sebeple sen sen ol, hiç kimsenin umudunu elinden almasına izin verme. Hatta kendinin bile...

Umut senin zırhındır, onu kaybetme!

Senin İçin Güzel Tavsiyeler

Ne kadar hiddetlenirsen hiddetlen bunu karşındaki insanlara yansıtma. Ne kadar sevilirsen sevil kibrinin kölesi olma. Ne kadar üzülürsen üzül kimsenin bedduasını alma. Her daim edebini muhafaza et ve her ne olursa olsun Allah'ın emrinden dışarı çıkma.

Her zaman mütevazı ol. Seni seven insanlara şımarık davranma. Sana yardımcı olan insanlara iki yüzlülük yapma. Sana inanan insanları hiçbir şeye satma. Ve sana ne kazandırırsa kazandırsın, hiç kimseyi hayattan soğutacak derecede yıpratma.

Kalbini hiçbir şey için bozma! Hiç kimseyi saf ya da aptal yerine koyma. İnsanların ayıplarını yüzlerine vurma. Fesat insanların yanlarında durma. Sebebi her ne olursa olsun, seni seven bir kalbi bilerek kırma.

Unutma; Dünyaya insanları üzmek ya da incitmek için gelmedin. Eğer geliş amacına uygun yaşarsan, bu dünyada olmasa bile ahirette mutlaka karşılığını alırsın. Bu yüzden sen sen ol, üzüleceğini, kaybedeceğini ve hatta öleceğini bile bilsen iyilikten ve doğruluktan ayrılma...

İyi ile kötü arasındaki fark,
cennet ile cehennem arasındaki fark gibidir.
Peki, sen hangisini seçeceksin?

Sonra Ne mi Olacak?

Sonra,
birbirinize bıraktığınız
izlerle yaşamayı öğreneceksiniz.
O herkesi sen gibi zannederken,
sen de herkesi o gibi zannedeceksin.
O herkesi kandırabileceğini düşünürken,
sen hiç kimseye güvenmeyeceksin.

Sana Yük Olacak İnsanları Değil Yükünü Hafifletecek İnsanları Al Hayatına

İnancını yitirme! Şu an imkânsız gibi gözükse de inandığın ilahi güç bir gün her şeyi düzeltecektir. Her ne kadar yaşadıkların seni altüst etmiş olsa da yaşam sana tekrardan bir hayat kurman için yeni bir şans daha verecektir. Kendine çeki düzen verebilmen için, hayatında ki kötü şeyleri düzeltebilmen için mutlaka güzel bir fırsat daha eline geçecektir. Ama sakın o fırsatı da boş yere harcama. Sana yük olanları bir daha sırtında taşıma. Canını yakan yaraları bir daha kaşıma. Gerekirse yalnız kal, mutsuz kal ama aynı acıları bir daha yaşama.

Seni zor durumda bırakanları ve en zor günlerinde yanında olmayanları, kim olduklarına bakmaksızın hayatından uzaklaştırabilirsen, geriye kalanların sana fazlasıyla yeteceğini göreceksin. Eğer hayatına yaşadıklarından ders çıkararak devam edersen, aynı hataları bir daha yapmazsın. Ve geleceğin için gerekli tedbirleri alırsan, bir daha böyle acılar yaşamazsın.

Unutma, yaşadıklarının ağırlığını sadece sen biliyorsun. Uykusuz kaldığın gecelerin, iç çeke çeke döktüğün yaşların, yaşadığın o tüm acı, stres ve telaşların ne kadar zor ve ağır olduğunu senden başka hiç kimse bilemez. Bunları bir kez daha taşıyamayacağını düşünüyorsan, hayatını çok dikkatli yaşa ve sana yük olan insanlar yerine, yükünü hafifletecek insanlar al hayatına.

Düştüğünde sana uzanmayan eller,
kalktığında yine düşmeni bekleyecekler.
Onlara sakın güvenme!

"Onu unutmak için ne yapmalıyım?" dedi kadın.
"Kendini binlerce parçaya böl, hepsinden tek tek temizle
ve sonra da yeniden birleştir." dedi adam.
"Ama bu imkânsız." dedi kadın.
"Biliyorum." dedi adam,
"Unutmak da öyle."

Seviyorsun, Gidemezsin Zannediyorlar

Bazı insanları anlamak ne kadar zor değil mi? İlgi gösteriyorsun çabucak şımarıyorlar. Yardımcı oluyorsun enayi yerine koyuyorlar. Mutlu ediyorsun hak ettiklerini düşünüyorlar. Kalpleri o kadar basitleşmiş ki, insan yerine koyduğuna bile pişman ediyorlar.

O kadar garip ki sen sevdiğin için katlanıyor ve mücadele ediyorsun, Ama onlar bunu anlamak istemiyorlar. Bazı şeyleri merhametinden ötürü sineye çekiyorsun, Ama onlar seni zavallı ve korkak zannediyorlar.

O kadar egolular ki ne olursa olsun hep onlar haklılar. Hata yaptıklarını asla kabul etmiyorlar. Kibirleri boylarını öyle bir aşmış ki sanki dünya bir tek onlar için yaratılmış gibi davranıyorlar.

Size tavsiyem, hiç kimseyi size karşı şımaracak ve haddini aşacak kadar çok sevmeyin. Ya verdiğiniz sevgi ile yetinmeyi bilsinler ya da hayatınızdan defolup gitsinler.

Aklı olan hiç kimsenin egosuna hizmet etmez.
Çünkü kibir öyle dipsiz bir çukurdur ki ne kadar uğraşırsanız uğraşın onu doldurmaya ömrünüz yetmez.

Umutsuz Olma!

Hayat bu bilinmez... Dertlerin seni köşeye sıkıştırabilir. Üst üste yaşadığın acı ve olumsuzluklar seni bunaltabilir. Değer verdiğin insanlar tarafından zor durumda bırakılabilirsin. Hatta tüm bunların sonucunda hayattan kopmaya da başlayabilirsin. Ancak bunlardan hangisini yaşamış olursan ol imtihanda olduğunu, Allah'ın seni, inancını ve sabrını denediğini aklından çıkarma.

Eğer Allah'a inanıp güvenirsen, kaderin sever ve ona razı gelirsen, bu imtihandan alnının akıyla çıkacağından şüphe duyma. Unutma, hiçbir şey sebepsiz değildir. Karşılaştığın tüm bu kötü olaylar ve maruz kaldığın tüm bu olumsuzluklar, olgunlaşıp tecrübelenebilmen ve Allah'ın büyüklüğünü daha iyi öğrenebilmen içindir. Öyle ya, Allah'ın büyüklüğüne tam inandıktan sonra sana kim zarar verebilir?

Umutsuz olma! Seni acıyla imtihan eden, mutluluğu da sana nasip edecektir. Seni kötüyle deneyen, iyi şeylerle de mutlaka ödüllendirecektir. Yeter ki sen Allah'a inanmayı ve yaşadıklarına sabretmeyi bil.

Sabırlı ol!

Kaybettiklerin başka bir suretle sana geri dönecekler.

Son

Bugün dertlerinin son günü olsun. Son kez temizle dizlerini, kalk düştüğün yerden ayağa ve son kez kendin için geleceğe doğru yürümeye başla. Son kez seni üzenlerin isimlerini say, hepsini geçmişe doğru fırlat ve bir daha hiçbirini ağzına alma. Son kez bak geçmişine, al gereken dersleri ve bir daha arkana bakma.

Son bir iyilik yap kendine. Seni yıpratan ve kapalı kapılar ardında kilitli tutan her şeyden vazgeç. Her ne kadar kötülük görmüş olsan da, son bir kez daha kendin için iyiliği seç. Son bir şans daha ver kadere. Mesela yeni bir plan yapmayı dene. Ama bu kez daha içten dua et ve umutlarını da dualarına ekle. Son kez çık kabuğundan ve umutla geleceğe doğru ilerle.

Son bir dilek tut kendin için ve dilerim ki geçmişe dair son gözyaşını döküp son hayal kırıklığını da tamir edip, yepyeni bir hayata başlarsın. Son kez kalbinin kapılarını açar, son kez birine aşkla bakar ve ömrünün sonuna kadar onunla mutlu yaşarsın. Çok sıkıntılar çektin, çok zor günler geçirdin biliyorum. Umarım acıya ve kedere dair bu yaşadıkların son olsun. Yeni hayatında güzellikler ve mutluluklar hep seni bulsun. Ve dilerim ki Rabb'imden, inşallah sonunda kazanan sen olursun.

Dilerim ki o güzel kalbin aşk yağmurlarında yıkansın.
Ve o kadar mutlu ol ki, mutluluk bile seni kıskansın.

Güzel insan,

Okuduğun bu kitap yaşanmışlıklardan ve derin gözlemlerden ilham alınarak yazılmıştır. Her sayfası hatta her satırı, inanarak ve sana fayda sağlamasını umut ederek kaleme alınmıştır. Kitabı keyifle okumanı diliyorum. Sana bir nebze de olsa iyi gelirse, kendini daha iyi hissetmene sebep olabilirse ne mutlu bana. Bir başka kitabımda görüşmek dileklerimle. Allah'a emanet ol güzel insan.

Kitap ile ilgili görüş, eleştiri ve resimleri
sosyal medya sayfalarıma gönderebilirsiniz.

Instagram: @nebiyildizofficial
Twitter: @nebiiyildiz
Facebook: Nebiyldz